女王オフィーリアよ、己の死の謎を解け

石田リンネ

富士見L文庫

Contents

Queen Ophelia

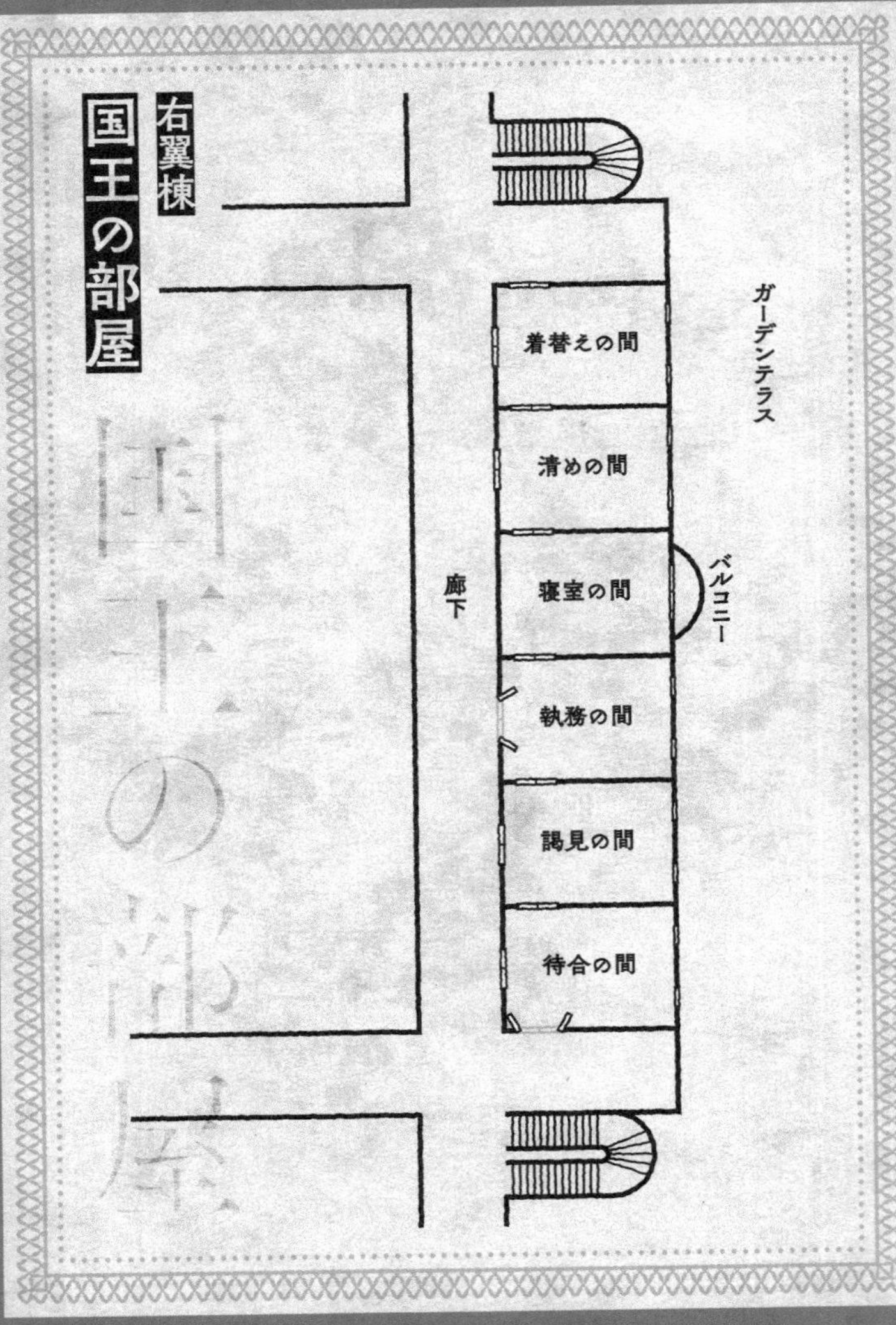
右翼棟
国王の部屋
着替えの間
清めの間
寝室の間
執務の間
謁見の間
待合の間
廊下
ガーデンテラス
バルコニー

序章

緑深き森や湖、海をもつ、神々の〝理想郷（アルケイディア）の国〟。

豊かな自然と鉱物資源に恵まれているアルケイディア国は、神々に愛されている妖精王リアの庭であり、妖精王リアによって守護されていると言われている。

現在、この国はまだ十七歳のオフィーリア女王によって統治されている。

秋が深まる気配が漂う季節、オフィーリアはいつも通りの夜を過ごしていた。

「お部屋に異常はありませんでした。それでは、おやすみなさいませ」

宮殿の右翼棟の二階にある国王の部屋は、主に六つある。

北から順番に『着替えの間』『清めの間』『寝室の間』『執務の間』『謁見の間』『待合の間』が並んでいて、寝室の間以外は、各部屋を繋（つな）ぐ扉の他に、廊下に出る扉もあった。

寝る前、近衛（このえ）隊（たい）による六つの部屋の確認が終われば、近衛隊長オリバー・ステアが寝室の間にいるオフィーリアのところへ挨拶にくる。

オフィーリアは、オリバーからの視線を強く感じながらも、何事もないように「ありがとう」と返事をし、また視線を本に落とした。

オリバーが部屋から出ていき、バタンという扉の閉まる音がどこからか聞こえてくると、部屋に静寂が訪れる。オフィーリアは艶のある金色の髪を時折かきあげながら、アクアマリンのように煌めく瞳で文字を追った。

しばらくすると、女官のアン・セコットが女王の読書の時間の邪魔をしないようにという配慮から、小さな声で入室の許可を求めてくる。アンは寝る前のハーブティーをそっとテーブルに置いた。そして、足音を殺して部屋から出ていき、音もなく扉を閉める。

「……駄目ね、集中できないわ」

妖精の女王セレーネのようだと称えられる美しい女王の表情は浮かない。

オフィーリアは、アンが持ってきてくれたティーカップを手に取る。温かいハーブティーは、いつもより苦かった。茶葉を変えたのだろうか。それとも、苦々しい気持ちにさせる人物が多すぎるせいだろうか。

まずは一人目、弟のジョン。春に軍へ入ってから、一気に大人びて、オフィーリアを喜ばせた。しかし、つい二月前にオフィーリアが戴冠式を済ませて王になった途端、「弱腰外交を選ぶ姉上は王に相応しくない」と言い出し、隣国クレラーンとの全面戦争再開を強く主張している。

二人目は、大司馬卿ランドルフ・ウッドヴィル。ジョンと同じく、クレラーン国との全面戦争の再開を声高に叫んでいる。オフィーリアは戦争よりも冬支度をしたかったのだけれど、国王軍の長である大司馬卿の邪魔が入り、国政が膠着状態に陥ってしまった。

三人目は、ジョンの婚約者の父親である第二大蔵卿マシュー・バトラー。彼はランドルフと政敵関係にあるため、全面戦争の再開に慎重な態度を見せている。しかし、ジョンを王にしたいマシューにとって、オフィーリアは邪魔者でしかない。どう足掻いても絶対に味方になってくれない相手だ。

「はぁ……」

──問題は、国政に関わる人物だけではない。

ため息をついたオフィーリアは、空になったカップをソーサーに置き、ベッドに入った。

豪奢で大きなベッドには、真白のシルクのシーツが皺ひとつなく張られていて、オフィーリアを優しく包んでくれる。

「冷たい……」

そう、夫婦の問題というものも存在する。

今夜もいつも通り、このベッドを使うのは自分だけだろう。国王夫婦のためのベッドなのに、隣に温もりを感じたことはなかった。

(わかっている。夫の心が私に向いていないことは)

四人目、夫であるザクトリー護国卿デイヴィット王配。

デイヴィットは、凛々しく整った甘い顔立ちの青年で、戦場の最前線で兵士を率いる将官としての才覚の他に、領地の経営でも優れた手腕を発揮している。

社交界で笑顔を振りまけば、生意気なと突っかかっていた者もすぐに懐柔されてしまうぐらい魅力的な人だ。彼はいつだってパーティーの中心人物であった。

先代国王の二番目の子であり、長女として生まれたオフィーリアも、幼い頃から煌めくデイヴィットを見ては頬をほんのり染めていたのだ。

そんな彼が自分の婚約者になると知らされたとき、本当に嬉しかった。

「……いつかは」

そう、彼だって女王である自分と本気で離婚をするつもりはないはずだ。そのうち自分の元に戻ってくる。妻と未来の小さな国王を愛するようになるだろう。

「どうか早く戻ってきて……」

かつて弟のジョンから、『デイヴィットの理想の女性は、優しくて控えめで穏やかな人』だと聞いた。だからオフィーリアは、デイヴィットの理想の女性であり続けている。

今日だって、彼がいつ寝室へ入ってきてもいいように寝化粧を軽く施した。唇にはほんのり紅く色づく口紅が、指先には薄紅色の爪紅が艶めいている。

世話をしてくれる女官たちは「お綺麗ですよ」と毎日のように言ってくれた。

――けれども、彼は振り向いてくれない。

デイヴィットが外に愛人を作っていることなら知っている。しかし、彼の理想の女性は、夫が多少遊ぶ程度のことなら、大人の女性として寛容に受け止め、耐えなければならないとわかっているけれど、毎晩とても苦しい。

「ああ……、問題がもう一つあったわね」

五人目、近衛師団の近衛隊長オリバー・ステア。

女王を最も近くで警護するという任に就いているオリバーは、とても有能な軍人だ。

彼についての評判を聞けば、誰もが「立派な人物だ」と言うだろう。

(でも、あの瞳で見つめられると、息が詰まる)

オリバーは、夫と上手くいっていないオフィーリアを憐れに思っている。そして、同情に限りなく近い愛情を抱いている。複雑で重たいオリバーの視線が、二人きりになった途端、静かにねっとりとオフィーリアに絡みついていた。

(どうにかならないのかしら……)

オリバーの視線がなんとなく嫌だという相談をしたところで、皆は「それだけオリバーは女王を敬愛しているんだ」と言って、オリバーの味方をするだろう。だからこそ、なんとなく——……気持ち悪いのだ。

「考えても仕方ないわ。……さぁ、眠りましょう」

オフィーリアは静かにまぶたを閉じる。

目覚めれば、いつも通りの朝がきているはずだった。

——……苦しい……、息が……できない。

オフィーリアは寝苦しさを感じ、目を覚ました。

なぜだろうか。視界がやけに黄色い。なにが起きているのだろうか。

途端、強烈な吐き気を感じた。横になっているのに目眩に襲われ、目を開けていられない。今すぐ医師の診察を受けるべきだ。

呼び鈴を鳴らそうとしたけれど、手が痺れていて動かなかった。なぜ、と驚く。

——苦しい、誰か、……デイヴィットはどこ……？

声が出なくてひゅーひゅーと喉を鳴らしていると、ぐっと喉が詰まった。

「っ、……⁉」

違う、とオフィーリアは首を振った。具合が悪いのではない、自分は今、首を絞められているのだ。

──私を殺そうとしているのは誰……⁉

喉を絞める手を剝がしたいのに、自分の手が思うように動かない。

意識が遠のいていく。泥の中にずぶずぶと沈んでいくような感覚に陥る。

──やめて、お願い！　この手は、誰の手なの⁉

そして、がつんという音と強い衝撃を感じた。

一体、この身になにが起きたのだろうか。

でも今は夜で、音が響く。扉の前に立っている見張りの兵士が異変に気づけば、オリバーと共に駆けつけてくれるだろう。

ああ、でも、なんだか眠い。身体が沼に沈んでいってしまう……。

けらけらと笑う声が聞こえた。

それは男のようで、女のようで、人のようで、鳥のような声だ。

【女王オフィーリア、君は殺された！】

——私が、殺された？

【そう、妖精王リアの王冠の持ち主が殺された！　よって、古の約束に従い、条件が揃えば、妖精王リアの王冠の呪いが発動する。まず君は、鐘が四十回鳴ったあとに十日間だけ生き返るよ！】

——生き返る……？

【君の願いはなに？　十日間でそれが叶うかもしれない！】

——十日間……。

【さぁ、言ってごらん。君の最期の願いを！】

——私の、最期の願い……。

身体も意識も、ふわふわしている。考えがまとまらない。

だから、最後に考えていたことを口にする。

——私は、私を殺した犯人を知りたい。

一章

この国を守護する妖精王リアよ。私は罪を犯しました。

あの方は、どんなときも白雪を溶かすようなあたたかい微笑みを浮かべ、優しい言葉をかけてくれました。あの方にお仕えできることを、本当に心から幸せだと思っていたのです。

しかし私は、あの方の息の根を止めてしまいました。やっておきながらどうして悔やむのかと問われたら、私はなにも答えられません。やるべきではなかった、やるべきだった、私は二つの心の間で揺れ動いています。揺れ動くことさえ罪だとわかっています。本当はやるべきではなかったのです。

美しい美しい私の主人は、きっと妖精の国で暮らすのでしょう。私は妖精の国へ絶対に行けません。殺しておきながら、傍にいられないことを悲しむなんて、なんと愚かなのでしょうか。

一

チェレスティーン大聖堂の鐘が、一分おきに鳴り響いている。

十七歳で亡くなった女王オフィーリアに哀悼(あいとう)の意を表しているのだ。

「なんてことでしょう。まだこんなにお若いのに……」

オフィーリアは、鉛(なまり)に覆われている棺(ひつぎ)の中で永遠の眠りについていた。

生前好んでいた白いドレスとティアラという正装の姿はとても美しく、唇に紅が引いてあることもあって、亡くなっているとは思えない。

色とりどりの花に囲まれている彼女の姿を見た者は、妖精が花畑の中で羽を休めているのだと説明されたら、あっさり信じてしまうだろう。

「女王の死は、バルコニーから落ちた事故となっているが、身投げだったらしい」

「国王の任が重かったのだろう。とてもお優しい方だった」

オフィーリアとの最後の別れをしにきていた貴族たちは、その死の真相についてひそひそと噂(うわさ)する。そして、オフィーリアの棺の近くにいる二人の男に視線を向けた。

――王位継承権第一位、メニルスター公爵ジョン王弟、御年十六歳。

オフィーリアの弟であるジョンは、幼い頃から帝王学を学んでいて、王位を継ぐのに相応しい人物だ。しかし、軍に入隊したばかりで、見識を広めている最中であった。

――ザクトリー護国卿デイヴィット王配、御年二十一歳。

オフィーリアの夫であるデイヴィットは、若くして女王となったオフィーリアを支えるために、議会から特別に共同統治者としての称号『護国卿』を与えられていた。

次の国王は、王位継承権第一位であるジョンか。それともジョンの若さを理由に、女王の共同統治者であったデイヴィットが期間限定で王冠をかぶることになるのか。

皆の意識は、オフィーリアではなく、王冠を奪い合う若き男たちに向けられていた。

大聖堂の中から聞こえてくるのは、すすり泣く悲しみの声ではなく、どちらにつくべきかという囁き声での相談だ。

そして、本来ならば最も悲しまなければならない弟と夫もまた、どちらが次の王になるのかを今から意識していた。


――……鐘の音が聞こえる。

カーン、カーンという物悲しい音が、オフィーリアの近くで何度も鳴っていた。

オフィーリアは、兄が亡くなったときと父が亡くなったときのことを思い出す。

九十九回の鐘が鳴り終わってしまったら、九日後に棺が墓所へ運ばれ、ついに喪が明けてしまうのだ。

――鐘よ、どうか止まって。まだお兄様とお父様の顔を見ていたい。

けれども鐘は無情にも、カーン、カーンと鳴り続ける。

オフィーリアはぼんやりとしたまま、これは誰のための鐘だろうかと考えていた。

(亡くなったのは誰？)

そうだ、と気づく。

――死んだのは、私。これは私の葬儀。

夜中、一人で寝ていたところを誰かに襲われ、首を絞められた。

真っ暗だったから、犯人が男なのか女なのかもわからない。強い力で絞められたから男のような気もする。

(私は、誰に殺されたの？)

オフィーリアの疑問に反応したのか、指に血が通った気がした。

途端、手足の痺れというものを認識する。少し頭が痛い。喉がひりひりしている。

(花の匂い……?)

さわさわと耳をくすぐっているものはなんだろうか。ああ、きっと花びらだ。棺の中に花が敷き詰められているのだろう。

(……私、意識がある?)

五感が少しずつ戻ってきている。なにが起きたのかも、周りでなにが起きているのかも、ゆるやかに把握し始めていた。

「こんな大事なときに自ら死を選ぶなんて……。姉上はやはり王に向いていなかった」

ジョンの声が聞こえた。オフィーリアの頭の中がかっと熱くなる。

(いつまでも血気盛んな少年のままでいる貴方だって王に向いていないわよ!)

女王というだけで見くびられてしまうこちらの身にもなれ、と憤慨した。

「これでクレラーン国への全面攻勢が可能になる。臆病者の女王は花畑で遊んでいろ」

大司馬卿ランドルフ・ウッドヴィルの喜びの声に、なにがなんでも戦えばいいと思っている人こそ花畑で騎士ごっこでもしていなさい、と怒った。

「女は本当にくだらないことばかり主張する。くだらない死がお似合いだな」

第二大蔵卿マシュー・バトラーの嘲笑に、はっと笑い返してやりたかった。

貴方の可愛い娘はくだらない男と浮気しているわよ、と教えてやったら、どんな顔をしたのだろうか。

(オリバー、この男たちを大聖堂から追い払って……っていないの!?)

近衛隊の隊長オリバー・ステアは、女王を最も近くで警護するという栄誉ある仕事に誇りを持っていたはずだ。女王への敬愛が重すぎて、気持ちの悪い男ではあるが、仕事への忠実さは評価していた。しかし、常に傍にあったはずのオリバーの気配がなぜかない。どこでなにをしているのかと文句を言いたくなってしまう。

「都合のいいときに死んでくれたね」

——デイヴィット!

夫の声が近くで聞こえてどきっとしたけれど、きっとそれはデイヴィットに伝わらなかった。デイヴィットは、オフィーリアの意識があることに気づかないまま、オフィーリアに小声で語りかける。

「君の弟はまだ若い。次の王は、護国卿である私にしてみせる。死んでくれてありがとう、オフィーリア。純潔の我が女王よ」

ふっという小さな吐息が聞こえた。きっと笑ったのだ。

そう、笑った! 妻が殺されたのに、この男は笑った! 信じられない!

(いいえ、私はもう知っていた!)

ずっとデイヴィットを愛し、信じてきた。

けれども、デイヴィットにとっての自分は、デイヴィットが王になるための踏み台でしかなかったのだ。振り向いてくれる日なんて、どれだけ待ってもくることはなかった。

(私は愚かだった！　私は恋する小娘でしかなかった！)

オフィーリアたちは戦乱の時代に生まれてしまった。理想郷（アルケイディア）という名をつけられたこの国も、大陸の動乱に巻き込まれていた。

三人の子に恵まれた父は、国の行く末を常に心配していた。

二人目の子である王女オフィーリアと、三人目の子である王子ジョンのどちらにも、万が一のことを考えた教育を施していた。

——オフィーリアよ、いずれ女王になることもあるかもしれない。そのときはデイヴィットが王配になる。彼にも帝王学を学んでおくように言っておいた。もしも妖精王リアの王冠をかぶることになったら、デイヴィットに助けてもらいなさい。そうしたらきっと幸せになれる。

オフィーリアは父の言う通りにし、護国卿となったデイヴィットの意見を尊重した。

——オフィーリア、貴女（あなた）は王女です。社交界の妖精の女王となり、その力で夫を支えなさい。それが女の幸せというものです。

母の言う通りにし、デイヴィットを陰ながら支える妻になるための努力をしてきた。

――デイヴィットの理想の女性は、優しくて控えめで穏やかな人だと聞いたよ。

ジョンが聞き出してくれたデイヴィットの理想の女性像を信じ、ずっと耐えてきた。そうすれば、いつか幸せになれると本気で思っていたのだ。

(言う通りにした。努力もした。耐えてきた。でも、私は幸せになれなかった……!)

父が死に、兄が死に、夫の愛は得られず、弟との仲が冷え、こうして殺された。

(私はどうしたらよかったの!?)

努力しても幸せになれないのなら、我慢する必要はなかったはずだ。自分だって皆と同じように好き勝手したかった。政を夫に任せる控えめな女王ではなくて、何事も自分の意思で決定を下す勇ましい女王でありたかった。夫の浮気を咎めて叱る強い女性でありたかった。

(せめて殺されていなかったら、……そうよ。なんで殺されなければならないの!?)

オフィーリアを殺すことで自分に益があると判断しそうな人物は、咄嗟に何人も思いつける。

先程暴言を吐いていたジョン、ウッドヴィル大司馬卿、バトラー第二大蔵卿、そしてデイヴィット。

（デイヴィット！　貴方は妻である私を命懸けで守る立場にあるのに……！）

あの夜、デイヴィットが隣に寝ていたら、オフィーリアは死なずにすんだはずだ。

怒りによって手に力が入る。すると、なぜかぎゅっと握ることができてしまった。

あれ？　と不思議に思う。

（意識があるだけではない……？　もしかして動けるの？）

花の匂いを強く感じる。周囲の声が聞こえる。手が動く。

この状態を〝死んでいる〟と言ってもいいのだろうか。

（私はまだ……生きて、いる？　ううん、生き返った……？）

死にそうになったとき、もしかすると死んだあとだったかもしれないけれど、誰かと話をした記憶がある。

【妖精王リアの王冠の持ち主が殺された！　よって、古（いにしえ）の約束に従い、条件が揃（そろ）えば、妖精王リアの王冠の呪いが発動する。まず君は、鐘が四十回鳴ったあとに十日間だけ生き返るよ！】

あれは神の声なのか、それとも……本当に妖精王リアの声なのか。

オフィーリアは疑問を抱きつつも、覚悟を決めた。誰の声だろうと構わない。今ここで、自分はたしかに生きているのだから。

（一度は死んだ身よ。なにも怖くない。起きたらやりたいことを全てやってやる！）

生き返っていられるのが十日間だけなら、その十日間を好きに生きよう。

そして、犯人を見つけてから死のう。

他人の言葉や評価なんて気にするものか。散々気にした結果が【絞殺（こうさつ）】だ。

オフィーリアは、自分に〝目覚めよ〟と命令する。

弔いの鐘も、そろそろ四十回は鳴っただろう。


「……っ！」


かっと見開かれたアクアマリンの瞳に、チェレスティーン大聖堂の美しいステンドグラスが映った。そのとき、また鐘がカーンと鳴る。

（この鐘は……）

オフィーリアは、ゆっくり身体（からだ）を起こす。その様子に気づいた誰かが悲鳴を上げた。

（恋する愚かな小娘の死を悼（いた）む音）

白い手袋を嵌（は）めた手で、金色の長い髪を払う。

（そして……）

静かに立ち上がれば、白いドレスから花びらがふわりと散っていった。

（十日間だけ好きに生きると決めた、女王オフィーリアの復活を祝う音！）

オフィーリアは、自分に背を向けていたデイヴィットの肩を摑む。

力を込めて引けば、デイヴィットが振り返った。

「オフィーリア……!?」

死人が立ち上がったことに驚き、そして恐怖で目を見開くデイヴィットに、オフィーリアは微笑んだ。

オフィーリアは、自分の顔がとても美しいことを知っている。この顔は、微笑めば花の妖精のように愛らしく、表情を失えば氷の彫刻のように恐ろしくなってしまう。そのため、いつも微笑むようにしていた。

妖精の女王セレーネだと皆に称えられてきた優雅で美しい笑顔を見せてやれば、デイヴィットやこの場にいた者たちは、一瞬だけ恐怖を忘れて見惚れてしまう。

「……妻の死に顔を見て笑うなんてこと、よくもできたわね!!」

オフィーリアはそう叫ぶと、ぐっと腹に力を込める。怒りと憎しみに逆らわず、油断しているデイヴィットの顔をめがけて華奢な右手を振り抜いた。

鐘の音に負けないほどの派手な打撃音が、大聖堂に響き渡る――……。

――はぁ、はぁ、とオフィーリアは荒れた呼吸と共に肩を動かした。

オフィーリアの平手打ちの衝撃に耐えきれなかったデイヴィットは、よろよろと足を動かしたけれど、傾いた姿勢を立て直せない。無様に尻を床にぶつけ、じんじんと痛む左頬を押さえ、呆然とする。

「――あぁ、久しぶりにとても気分がいいわ」

ふふふとオフィーリアは笑う。手のひらの痛みが心地よく感じられた。

最初からこうすべきだった。他の女のところに行くデイヴィットを、渾身の力を込めて叩いてやればよかったのだ。

ぽかんと口を開けたままのデイヴィットの間抜けな顔を見下ろしていると、本当に晴れやかな気持ちになる。早春の晴れた日の朝のような清々しさを全身で受け止めた。

(――みんな、見て！　私はついにやりたいことをやったわ！　私にだってできるのよ！　乾杯しましょう！　新しい自分に！)

やってみたら、とても簡単で、すっきりした。

そして、目が覚めた。

こんな男、自分に必要なかった。さっさと捨てて、冷えた白ワインで楽しく乾杯したらよかったのだ。

「女王陛下⁉」

オフィーリアは、駆け寄ってきた近衛兵に、生き返ってから初めてとなる命令を放つ。

「この鐘を止めなさい、今すぐに」

弔いの響きはもう必要ない。

女王はここにいるのだ。

「い、生きて……⁉」

バトラー第二大蔵卿が、オフィーリアを見て顔を真っ青にしている。

なぜ、と言いたいのだろうけれど、こちらだってなぜと聞き回りたいぐらいだ。

「見ればわかるでしょう。死人が喋るとでも？」

「そんな……！」

なにが「そんな」なのか問い詰めたくなる。この男も、オフィーリアが死んで喜んだ人物のうちの一人だ。こんなときだというのに、残念だと思える心の余裕があるらしい。

「理想郷に住む子らよ」

オフィーリアの可憐で美しい声は、この大聖堂によく響いた。

——女王の発言の際には、声を出してはいけない。

その決まりに従い、ざわめいていた参列者は咄嗟に口を閉じてしまう。

「ご覧の通り、女王オフィーリアは生きているわ。……春の陽射(ひざ)しが貴方(あなた)たちに降り注ぐでしょう」

王からの祝福の言葉だ。この場にいる者たちは慌てて膝をつき、右手で心臓を押さえ、臣下の礼を行った。

二

大聖堂で女王が生き返った。勿論(もちろん)、大騒ぎになった。

その騒動の張本人であるオフィーリアは、涼しい顔で王宮に戻る。

女王が死んだと思っていた女官たちは、帰ってきたオフィーリアに驚いた。

悲鳴を上げる者、ひっくり返る者、顔を覆ってしゃがみこんで震え出す者——……なかなか失礼な反応を見せられたけれど、その気持ちはよくわかる。

「医師の誤診よ。生きているのに死んだと思われてしまったみたい」

オフィーリアが微笑めば、ようやく一部の女官が我に返った。お部屋の準備を、と慌ただしく動き始める。

（まずは皆を着替えさせないとね）

喪に服していたため、誰もが黒い服を着ていた。

女王が生き返ったことを実感させるためにも、早くいつも通りの宮殿に戻そう。

「大侍従卿と女官長を呼んで」

オフィーリアが近くにいた女官に声をかけると、彼女はあっという顔になる。

「大侍従卿と女官長は、……その、謹慎処分を受けておりまして……」

「謹慎？　どうして？」

「……女王陛下のご心労をどうして放置したのかと、……ザクトリー護国卿がとてもお怒りになりまして……」

オフィーリアは「それは貴方も同じでしょう」と叫ぶのを、ぐっと堪える。

その代わり、第二大侍従卿と女官長補佐を呼び、謹慎処分の撤回を大侍従卿ウィリス・ハウエルと女官長スザンナ・タッカーへ今すぐ伝えるように頼んだ。

次に、宝物庫で保管されている妖精王リアの王冠を執務の間へ持ってくるように命じる。

妖精王リアの王冠には、妖精王リアから授けられた大きなサファイアが正面の中央部に据えられている。他にも、王冠の頂点にある太陽のルビーや、星々の欠片とされるダイヤモンドが何千個も使われているため、とても重い。

妖精王リアの王冠は、戴冠式と春の初めの議会の開会宣言のときにかぶることになっている。オフィーリアは、戴冠式のときに一度かぶっただけだ。そのぐらい、オフィーリアは若い王であった。

「ここに置いてちょうだい」

オフィーリアは、王冠を運んできた侍従を下がらせ、木箱の鍵を自ら開ける。

重たい王冠を布越しに持ち上げ、ゆっくりとテーブルの上に置いた。

「……王冠の呪い」

死んだあとに聞こえたあの声は一体なんだったのか。

自分が生き返ったことに関係があるのか。

オフィーリアはそっと手を伸ばし、大きなサファイアに触れてみた。

【きちんと生き返ったようだね！　オフィーリア！】

男のような女のような、人のような鳥のような、不思議な声が聞こえた。しかし、どこから放たれた声なのかはわからない。

　オフィーリアはあちこちを見回し、目を凝らしてみたけれど、声の主の姿は捉えられなかった。

「誰なの⁉　どこ⁉」

　厳しい声を放てば、答えがあっさり与えられる。

【僕は妖精王リアさ！　ここだよ、ここ！】

　天井から白いものがふわりと降りてきた。

　それは、執務の間の天井に描かれている妖精王リアだ。

「妖精王リア……⁉」

　薄っぺらい紙のようなものが、くくという笑い声と共に折れ曲がり、揺れる。

【本当はこの姿ではないんだよ。君の心が妖精王をこう描いているだけ】

　平たい妖精王が、蝶のようにひらりひらりと部屋の中を飛び回る。

　オフィーリアは、疲れすぎて昼間に夢を見ているのではないかと、最初に己の目や意識を疑った。

（本物の妖精王リアなの……？）

　これは妖精ではなく、悪魔ではないだろうか。死人の自分を連れ戻しにきた悪魔。その方が納得できる。

「信じられない……」

驚いた気持ちをそのまま零せば、妖精王は楽しそうに笑った。

【信じるも信じないも、君の自由だよ。きっと考えても答えは出ないだろうけれど！】

たしかに、とオフィーリアはため息をつく。

常識外のことが何度も起きてしまったため、どこから疑い、どこから自分を信じられるのかも、よくわからなくなっていた。

【それで、君の願いは叶ったかな？】

〝願い〟と言われ、はっとする。

オフィーリアは己のアクアマリンの瞳に、先程までのチェレスティーン大聖堂での出来事を映した。

＊＊

大聖堂で生き返ったオフィーリアは、皆に祝福の言葉を与えたあと、わざとひと呼吸置いた。

「私を殺そうとした者は捕まったのかしら？」

この場にいる者の顔を順番に見ていく。しかし、全員がオフィーリアの復活に驚いている最中で、答えられる者はいない。

「……ジョン、答えなさい」

オフィーリアは、近くにいる弟のジョンへ声をかけた。

ジョンは口を開きかけて閉じるを二度繰り返したあと、恐る恐る話し出す。

「あ、姉上は、自分の意思でバルコニーから飛び降りたと……！」

「なんですって？」

オフィーリアの声が冬の雷鳴のように低くなる。

春の陽射しのような声しか聞いたことのなかった者たちは、本当にあれは女王なのかと疑ってしまった。

「そういうことにされたのね。でも私はバルコニーから飛び降りたのではなく……」

オフィーリアは、真夜中の絞殺事件を思い返す。あのときの苦しさが蘇ったことで喉が詰まりそうになり、ゆっくり息を吐いた。

「寝室で首を絞められた。絞殺されたのよ。どうして飛び降りたことに？」

「昨日の朝、姉上はバルコニーの下で発見されたんです……！　石畳と頭に血が……！」

なにかがおかしい。自分の記憶と違う死に方をしている。

そんなはずは、と叫ぼうとしたオフィーリアは、感情のままに叫ぶのはよくないと己を戒めた。きちんと考えれば、バルコニーの下で発見されたことと、首を絞められたことは、矛盾しない。

「私は首を絞められたあと、バルコニーから投げ捨てられたようね」

首を絞められたことで意識がぼんやりしたあと、強い衝撃に晒されたような気がする。あれは地面に叩きつけられたときの衝撃だったのかもしれない。

(犯人はそこまで私が憎かったの……？)

ぞっとしたあと、落ち着いてと自分に言い聞かせた。もしかしたら、犯人は自殺に見せかけようとしたのかもしれないし、とどめを刺す方法が他に思いつかなかったのかもしれない。

「私を殺そうとした者が、どこかにいる」

犯人はきっと、オフィーリアの葬儀に参列し、その死を喜んでいたはずだ。

殺される心当たりなんていくらでもある。オフィーリアは、自分を押し退けてこの国の頂点に立ちたい男たちにずっと囲まれていた。

「犯人を捜すわよ。……でも、その前に」

左手をすっと前に出す。それから右手の指で左手の薬指に嵌まっている大きなダイヤモンドの指輪を外し、その場に落とした。

からん、という小さな音が鳴る。

「私の横で眠り、私を最も近くで守るという、ただそれだけのこともできなかった夫は必要ない。……ザクトリー護国卿、離婚しましょう」

オフィーリアは、つま先でダイヤモンドの指輪を蹴る。指輪はデイヴィットの足に当たり、止まった。

「オフィーリア!?」

「不敬よ。女王陛下と呼びなさい」

オフィーリアの声は、雪解け水という表現が最適だ。ぴしゃりと浴びせられると、身体が固まってしまうほど冷たかった。

＊＊

オフィーリアは大聖堂で「犯人を捜す」という宣言をした。

つまり、〝私を殺した犯人を知りたい〟という願いはまだ叶っていないのだ。

「……私は、願いを叶えるために生き返ったということ？　どうして？」

妖精王が、王冠の頂点にあるルビーの上で止まる。【くく】と喉を鳴らした。

【説明したじゃないか。これは殺されることが条件になっている呪いだって】

「呪いで生き返るなんてことがあるの……？」

【そう、呪い。生き返られるのは十日間だけ。君は十日間で願いを叶えないといけない】

オフィーリアは、十日……と、その期間を改めて考えてみる。

短いわけではないが、長いわけでもない。できることは限られてくる。

【僕はねぇ、ニンゲンの本性が好きなのさ。とっても面白いからね】

妖精王は、黙り込んだオフィーリアの周りをからかうように飛び回った。

「本性？　残忍だとかそういうこと？」

【そうそう！　愛していると言いながら愛する人を殺したニンゲン！　一家を陥れておきながら手を差し伸べて殺人を命じたニンゲン！　死にかけたニンゲンを見て腰を抜かしたあと、その身体をぐちゃぐちゃにしたニンゲン！　みんな面白かったよ！】

オフィーリアは、妖精王が語る〝ニンゲン〟の残酷さにぞっとした。自分は面白いと思えない。

【オフィーリア！　君は君を殺した犯人を見つけたあと、どうするのかな？】

「……どうもしないわよ」

【えっ？】

ぺらぺらの紙のような妖精王は、ぴたっと動きを止める。

「私は犯人を知りたいだけ。あとのことは司法に任せるわ」

殺されるのなら、犯人ぐらいは知りたい。

オフィーリアは最初からそう言っている。その気持ちは今も変わらない。

【ええ～!?　そんなのつまらないよ！】

「私はとても忙しいの。犯人を見つけないといけないし、弟の再教育もしなければならない。この国の方針を定めておきたいし……」

十日間でできることは限られている。

贅沢三昧（ぜいたくざんまい）も、人を殺すことも、復讐（ふくしゅう）も、全て後回しだ。

【つまらない！　つまらないよ！　君はとってもつまらない！】

「貴方（あなた）、うるさいわね。どうやったら天井画に戻るの？」

【僕が見えるのも、声が聞こえるのも、君だけだよ！　君は生きているけれど死んでいる。今はニンゲンの範囲内のイキモノではない。だから妖精が見えるのさ！】

夢だとしたらやけに筋が通っている夢だ、とオフィーリアは納得してしまった。

どうせ現実では一度死んでいる。夢でも現実でも、死という未来は変わらない。

だったら、やりたいことをとことんやってやろう。

「とりあえず、王冠を箱にしまうわ。元に戻った方がいいのではなくて？」

【なんてことだ！　せめてここへ置いたままにしてよ！　久しぶりの呪いなんだから！】

「騒がしいのは苦手なの。……待って、久しぶりとはどういうこと？」

この呪いは、妖精王リアの王冠に関係したもの。

しかし、先代国王である父にも、兄にも、十日間だけ生き返ったという事実はたしかになかった。

【呪いには、発動条件があるのさ！】

ぺらぺらの妖精王は胸を張った……のかもしれない。

【まずは殺されて死ぬこと！】

「事故死と病死は駄目なのね」

【死ぬ直前に強く願うこと！】

「苦しむ余裕が必要になる……。突き落とされて即死したら、最期の願いを思い浮かべることはできない」

【王冠の所有者であること！】

「……かなり限られたわね。でも、発動条件として納得できるわ」

つまり、王が殺されたとき、そして即死せず、心残りがあった場合に、この呪いが発動するようだ。

兄は王太子で、王冠をかぶる前の死だった。王であった父は高熱で亡くなった。だから強い願いがあったとしても、どちらも生き返らなかったのだろう。

【あと一つあるけれど……ナイショ！】

妖精王がこのようないやらしい言い方をするということは、オフィーリアが教えてと頼むことを期待しているのだろう。オフィーリアは、聞き出すまでのやりとりを面倒に思ったので、あっさり諦めた。

「ならいいわ。とても素敵な呪いをありがとう」

【えっ⁉ もう一つの条件を聞きたくないの⁉】

「実際にこうして生き返っている事実があれば充分よ」

オフィーリアが素っ気ない態度を見せれば、妖精王は騒ぎ出す。

【君はとてもつまらない！　本当につまらない結果になりそうだ！】

「つまらなくて結構よ。つまらない生き方しかしてこなかったもの」

オフィーリアは、妖精王リアの王冠を布越しに持ち上げ、箱の中に入れた。

妖精王はぎゃあぎゃあ騒いでいたけれど、それを無視して箱の蓋を閉め、鍵をかける。

途端、静けさが訪れた。ふぅ、とため息をつく。

ゆっくり天井を見上げれば、ぺらぺらの妖精王は天井に戻っていた。いつも通り、静かにオフィーリアを見守っている。

「これが呪い？　どちらかというと、慈悲や祝福と呼ばれてもいいはずよ」

心残りをどうにかできるかもしれない呪いなんて、泣いて感謝すべきものだ。

きっと、歴代の国王は強欲だったのだろう。たった十日しか生き返れないことに文句を言ったのかもしれない。

歴代の国王の話を聞けるものなら聞いてみたい……と思っていたら、扉がノックされた。

「女王陛下、失礼します。大侍従卿と女官長がいらっしゃいました」

「ここに通して」

謁見の間ではなく、執務の間で話をする。

それは、二人が女王の生活に寄り添うことを許されているという証だ。

「女王陛下……！」

大侍従卿ウィリス・ハウエルと女官長スザンナ・タッカーは、執務の間に入るなり膝をついた。

そのやつれきった顔に、オフィーリアの胸が痛む。

「心配をかけてしまったわね。私は無事だったから安心して。私には貴方たちが必要なの。また傍で支えてちょうだい」

オフィーリアは、ウィリスとスザンナの手を握り、しっかり目を見る。

予想通り、二人の瞳が光を取り戻し、「はい！」と答えてくれた。

「女王陛下、頼みがございます。どうか近衛隊長のオリバー・ステアにも許しを与えて頂けないでしょうか？」

ウィリスが深々と頭を下げると、スザンナもすぐそれに倣う。

「まさか、オリバーも謹慎処分を受けているの？」

「はい。陛下のご異変にすぐ気づくべき立場にあったということで、ザクトリー護国卿が……」

デイヴィットは、本当に不愉快なことばかりをする男だ。

オフィーリアは、オリバーの元に使者を送る。そして、デイヴィットに言い渡された謹慎処分の撤回を告げてもらった。

「女王陛下……！」

すぐに駆けつけてきたオリバーは、無精髭が生えていて、目が虚ろだった。

オフィーリアはあまりにも荒んだ様子のオリバーに一瞬怯んでしまったが、なんとか堪える。

「……女王陛下、私は、私は……！」

オリバーは床に跪き、そのまま突っ伏して震え出す。

「私は近衛隊長でありながら、なんてことを……！　死んで償うべきです……！」

オフィーリアは、いい歳した男の涙と過剰すぎる忠誠心にうんざりしつつも、優しく声をかけた。

「オリバー、いいのよ。さぁ、立ち上がって」

ウィリスとスザンナは、オリバーとオフィーリアを穏やかに見守っている。きっと素晴らしい主従愛に見えているのだろう。だから嫌なのだ。普通に仕えてくれればそれで充分なのに、どうしてオリバーにそれが伝わらないのだろうか。

「ウィリス、スザンナ、それからオリバー。私はバルコニーから飛び降りたのではなく、首を絞められて殺されそうになったの」

「……そんな！」

ウィリスはうめくように呟き、スザンナはひっと息を呑んで口を押さえた。オリバーはほんのわずかに目を見開く。

「目が霞(かす)んでいて犯人はよく見えなかった。犯人はそのあと私をバルコニーから投げ捨て、逃げた。今もどこかに潜んでいるはずよ」

あの夜の真相を、オフィーリアは信頼できる三人に語る。

「貴方たちだけが頼りなの。これからも私を支え、守ってちょうだい」

オフィーリアが順番に目を合わせていけば、ウィリスもスザンナも勿論(もちろん)だと深く頷いた。

そして……オリバーとも目を合わせる。オリバーの澱(よど)んだ瞳に、暗い光が灯(とも)った。

「……この手で、必ず女王陛下をお守りします」

オリバーの大きな手のひらが、ぐっと握られる。

あんな事件があったあとだからだろう。ほっとするより先に、あの手に首を絞められたら、いとも簡単に息ができなくなるだろうと思ってしまった。

三

生き返っていられるのは十日間しかない。

オフィーリアはまず着替えることにした。

　葬儀のために着せられた白色のドレスは、とても似合っているだろうけれど、白色を特に好んでいたわけではない。白色のドレスは、オフィーリアを清楚で可憐に見せてくれるから、デイヴィットのためによく着ていただけだ。

（これからは、派手な色のドレスを着ても、真っ赤な口紅をつけてもいい。デイヴィットの反応を窺う必要はない……！）

　十日間、犯人を捜しながら、今までできなかったことをしよう。

　デイヴィット以外の男性とダンスを踊りたい。恋の手紙を交わしたい。はしたないことも沢山したい。

（考えるだけでも楽しいわ）

　今にも歌い出したくなるような気持ちで、女官が並べてくれたドレスを眺める。

　薄紅色も、空色も、淡いミモザ色も却下だ。今の気持ちを表す強い色を身につけたい。

　着替えをうきうき楽しんでいると、後ろからがたんという音が聞こえた。勢いよく振り返れば、そこには窓があるだけだ。どうやら強い風が吹いて窓が揺れたらしい。

「……驚いたわ」

　そっと胸に手を当てれば、どくどくと音を立てていた。

「侵入者のこともあって、音に敏感になっているみたいね」

オフィーリアが苦笑すると、着替えを手伝っている女官たちが口々に励ましてくれる。

「大丈夫ですよ、女王陛下。この部屋の周りには見張りの兵士と近衛兵の方々がいらっしゃいますから」

「オリバー様はとてもお強いです。なにかあっても陛下を絶対にお守りします！」

オフィーリアはそうねと微笑み、ゆっくり息を吐く。

オリバーを褒め称えるような話にしたくなかったので、なにか別の話題を……と視線を動かしたあと、そういえばと首を傾げた。

「アンはどうしたの？　今日はお休みの日？」

女官の中に、アンがいない。

オフィーリアがお気に入りの女官の名前を出せば、皆が顔を見合わせる。それからやっとこの中で最年長のメアリが恐る恐る口を開いた。

「あの……アンは……亡くなりました」

「亡くなった!?　どうして!?」

オフィーリアが殺されたあの夜、アンはハーブティーを持ってきてくれた。

そのあとに病気になったとしても、あまりにも急な話だ。

「アンは、女王陛下がお亡くなりになったことに心を痛め、自ら身を投げ……」

オフィーリアはなんてこと……と呟き、椅子に座る。

アンの温かいハーブティーは、もう飲めないのだ。

（……あれがアンの最後のハーブティーになってしまっただなんて）

目の奥を熱くしながら、オフィーリアは殺される前のことを思い出した。

いつも通り、彼女のハーブティーを飲んだ。それからベッドへ横になって、夜中に息苦しくなって目が覚めて、呼び鈴を鳴らそうとしたのに、手が痺れていて……。

（おかしいわ。なんで手が痺れていたの……？）

首を絞められていたとしても、弱々しい抵抗ぐらいはできたはずだ。けれどもなぜかそれすらできなかった。

いや、そもそも、その前からおかしい。首を絞められる前から苦しかった。

（私が抵抗できないように、あのハーブティーになにか入っていたのだとしたら……！）

ハーブティーには、毒が入っていたのかもしれない。いつもより苦かった気がする。

犯人は、オフィーリアがきちんと死んだかどうかを確かめにきた。そして、まだ生きていたから首を絞めた。

（……アン、私を裏切ったのね）

しかし、おそらくアンは首を絞めた人物ではない。小柄なアンに、オフィーリアをバルコニーから投げ捨てるなんてことは難しいだろう。アンは犯人の協力者だ。

アンの死は、女王殺しという罪に耐えきれずに自ら死んだものなのか、それとも共犯者に口封じとして殺されたものなのか、どちらなのだろうか。

「アンの葬儀は？」

「これからです。本日は女王陛下の葬儀の一日目でしたので、陛下にご遠慮する形で、遺体はまだ城下の教会に安置しています」

「今すぐ使者を出して。アンの棺（ひつぎ）を王宮内の教会に移動させてほしいの。私がアンと最後のお別れをするまでは、棺を開けないようにとも言って」

「えっ!?」

「アンは、あまりにも悲しい行き違いによって命を落としてしまった。だからせめて私が送り出してあげないと」

――遺体の検分をもう一度医師にさせ、自殺か他殺かを診てもらう。

犯人の協力者はアンだけではないかもしれない。ここで正直な話をするわけにはいかないので、代わりにもっともらしいことを口にした。

ぐすりとすすり泣く声が聞こえてくる。なんてお優しい……と女官たちが目元を拭（ぬぐ）った。

「アンの分まで私たちは精一杯のことをしましょう」

皆を慰めることを言いながらも、オフィーリアの心は焦っている。

(毒を盛られた証拠……、カップやポットはもう洗われているわね。他の証拠が残っていないかしら……!)

着替えている場合ではなかった。今すぐアンの荷物の調査を頼むべきだと思ったとき、死化粧用の口紅を取っていた女官が嬉しそうな声を上げる。

「顔色がお戻りになられてよかったです! 意識のない女王陛下のお身体を清めていたとき、唇も爪も真っ青でしたから……!」

青い唇や青い爪は、毒殺死体の特徴の一つだ。飲んだハーブティーに毒が入っていたことが、これではっきりした。

(アン……。どうしてこんなことを……!)

とても優しい子だった。オフィーリアを憎んでいたとしても、それだけで人を殺せるような子ではない。なにか理由があったはずだ。

「女王陛下、どのドレスにしましょうか」

女官に問われ、オフィーリアは慌ててにっこり微笑み、赤と黒のドレスを手に取る。

作っておいたのに一度も着ていなかった赤と黒のドレスは、この怒りや悲しみを振り払ってくれるだろう。

まずは首元までレースで覆われている白色のドレスを脱がせてもらう。すると、なぜか女官たちがちらちらと喉元を見た。

「首になにか？」

オフィーリアは視線を落としたけれど、自分の喉を自分で見ることはできない。

女官たちはなにかの決意をしたのか、二人がかりで大きな鏡を持ってきて、喉が見えるようにしてくれた。

「手の痕が……！」

白くて細い首に、両手の形の痣（あざ）がある。やはり首を絞められたのは現実だったのだ。

（こんなにわかりやすい痕があるのに、検死のときに見逃されたなんて……！）

大司法卿（だいしほうきょう）のホリス・コーリンは全く仕事をしていない。まずは彼を締め上げる必要がありそうだ。

「着替えが終わったら宮廷画家を呼んで」

「は、はい！」

「今日はネックレスをつけないでおくわ」

オフィーリアは、華やかな赤と黒のドレスを着て、胸下のリボンをきつく結んでもらう。

改めて鏡を見れば、いつもと全く違う自分が映っていた。

（いいわね、こういうドレスも）

息を呑むほどの深みのある艶やかな深紅色のシルク地に、黒色の幅広リボンと黒色のレースが蔦のように絡んでいる。『妖精のような』という形容詞は絶対に合わないだろう。

このドレスは、首元が大きく開いている。首に残された手の痕がどうしても見えてしまう。しかし、オフィーリアは隠すどころか、これでいいと満足げに頷く。

「女王陛下、あの、首元に白粉を……」

女官は手の痕を隠そうとしてくれたけれど、オフィーリアは首を横に振った。

「これは大事な証拠なの。このままにして」

髪を丁寧にといてもらったあと、オフィーリアは真っ赤な靴を履く。

気分がドレスに合わせて勇ましく高揚していった。

「似合っているかしら？」

「とてもお似合いです！　今日は赤薔薇の女王陛下ですわ！」

「赤と黒が女王陛下の肌の美しさをより引き立てています！」

いつもとは違う魅力を見せる主人を、女官たちは口々に褒め称える。その興奮した様子から、ただのお世辞ではないとわかった。

「みんな、ありがとう。いつもと系統が違うドレスなのに、とても上手く小物を合わせてくれたわね。本当に素敵だわ」

センスを褒めると、女官たちは嬉しそうに頬を染める。

きっと明日も衣装選びと小物選びを張り切ってくれるだろう。

——私は、妖精ではなく、なりたかった女王になるわ。

厳しい冬のような政を護国卿に任せ、春の慈愛だけを民に与える女王であれと、父母からは望まれていただろう。しかしオフィーリアは、どんな厳しい冬の日も暖かな春の日も、民と共に過ごす女王でありたかった。

四

着替え終わったオフィーリアは、宮廷画家ティム・コーティンを午後の間で迎える。

入ってきたティムを両手を広げて歓迎し、それから椅子へ優雅に腰かけた。

「今日は私の顔と首を描いてほしいの」

「顔と首……ですか？　つまり、肖像画と……」

画家の視線が首元に向けられている。首を絞められた痕に驚きつつも、言い出せないのだろう。

「この首の手の痕を、忠実にそのまま、大きさも変えずに描いてもらえる？　犯人を捜す手がかりとして残しておきたいのよ」

「そういうことでしたか！　それならば、スケッチだけでもよろしいですか？」

「ええ。角度を変えたものもほしいわ。……妙な頼み事をしてしまって悪いわね。でも貴方(あなた)の腕なら、証拠として採用されるほど正確に描けるはず。お願いね」

オフィーリアが頼りにしていると告げれば、ティムは嬉しそうに頷く。

「承知致しました。お任せください」

ティムは証拠の絵として使えるようにと、キャンバスを時々オフィーリアの顔の横に持ってきて、絵の大きさと実物の痣の大きさを慎重に揃(そろ)えてくれた。

実のところ、この痣を絵に残したところで、裁判に使えるような証拠になるかというと、そうではない。しかし、犯人の性別ぐらいは明らかにできるはずだ。

(……手の大きさからして、犯人は男ね)

女だったら、そもそも首を絞めるという方法をあまり選ばない。力のなさを補うため、その辺にあるものを摑(つか)み、撲殺(ぼくさつ)という方法を選ぶ。

(犯人はまずアンを共犯者にした。アンを使い、ハーブティーに強い毒を入れた)

犯人は、オフィーリアを毒物だけで殺せると思っていたのかもしれない。毒物に身体を痺れさせるような作用しかないのなら、絶対に刃物を持ってくるはずだ。

（私がまだ死んでいなかったことに、犯人はきっと驚いたでしょうね。アンが量を間違えたのかも）

犯人はベッドの上で苦しむオフィーリアを見て、慌てて首を絞めた。

そして、バルコニーの扉を開け、オフィーリアを投げ捨てた。

（なら、犯人の目的は、私が死んだかどうかの確認もだけれど、毒殺の証拠となるティーセットの片付けだったのかもしれない。ああ、完全に片付けなくてもいいわね。飲み残してあるかもしれないハーブティーを、バルコニーから捨てるだけでもいいのだから）

茶が少しでも残っていたら、毒を入れたことがわかってしまう。しかし飲み切ってあれば、毒が入っていたのかわからなくなる。

（犯人にとって予想外のこともあったけれど、とりあえず目的は果たせた。……そうよ、私が地上に叩きつけられたとき、音が響いたはず。それなのにガーデンテラスの見張りの兵士が気づかなかったなんて……！）

なんのための見張りなのかと、オフィーリアの手に力がこもってしまう。

（問題点を整理しましょう。アンは一旦置いておくとして、犯人の侵入経路ね。堂々と扉

から入ろうとしたのなら、扉の前に立っている見張りの兵士が止めるはず）

宮殿の右翼棟の二階に並んでいる国王のための部屋は、主に六つある。

北から順番に『着替えの間』『清めの間』『寝室の間』『執務の間』『謁見の間』『待合の間』が並んでいて、寝室の間以外は、各部屋を繋ぐ扉の他に、廊下に出る扉があった。

防犯の都合上、廊下に出入りできる扉は、執務の間の西側の扉と、待合の間の南側の扉だけだ。他の扉には鍵がかけられている。そして、執務の間の西側の扉と待合の間の南側の扉には、見張りの兵士が二人ずつ常に立っていた。

バルコニーの下でオフィーリアの遺体が発見されたあと、見張りの兵士は国王の部屋へ出入りした人物について尋ねられたはずだ。『女王は自殺した』で処理されたのだから、不審な人物は出入りしていなかったのだろう。もしかすると、見張りの兵士が二人ともうっかり眠っていたとか、そういうこともあるかもしれないが。

（改めて見張りの兵士の話をしっかり聞いておかないと。……それから）

見張りの兵士が、取り次ぎなしで部屋に通した人物が犯人という可能性もある。

夫のデイヴィット、弟のジョン、近衛隊長のオリバー……この辺りなら、それらしい言い訳をされたら、見張りの兵士はどうぞと頭を下げて通してしまうかもしれない。

（見張りの兵士に、これからは誰であろうと絶対に通すな、と命令しておかないといけな

いわね）

次は……とオフィーリアは外に意識を向ける。

（犯人がバルコニーから侵入した場合。ガーデンテラスから二階のバルコニーまで這い上がってきたか、それとも屋根から降りてきたか。……そういえば、泥棒が屋根から入ってきたという話を聞いたことがあるわ。それから屋根の警備は厳しくなったはず）

ガーデンテラスを警備している兵士たちの話も詳しく聞くべきだろう。

見張り中に眠っていたとしても叱らないから事実をきちんと話してほしい、という優しい言葉もかけておかなければならない。

（問題は……バルコニーの扉ね）

オフィーリアは、寝室の間のバルコニーの扉を思い浮かべる。

（バルコニーの扉には鍵がかけられている。鍵は二つ。一つは寝室の間の棚の引き出しにしまってある。もう一つは大侍従卿が管理している。……たとえなんらかの方法で鍵を手に入れたとしても、鍵穴は部屋側にあるから、バルコニーから侵入するのなら鍵を壊す……いえ、アンが事前にこっそり鍵を開けておいた可能性もあるわね。やっぱりバルコニーから入り、バルコニーから出ていった。これだわ）

事件を整理したあと、オフィーリアは難しく考えすぎていたかもしれないことに気づき、はっとする。

──最初から、自殺に見せかけようとしていたのかもしれない。

女王が突然死ねば、誰だってまずは毒殺の可能性を考える。ハーブティーを入れたアンが真っ先に疑われるし、犯人はアン経由で見つかるかもしれない。犯人はそうならないように、オフィーリアを毒で殺したあと、バルコニーから投げるつもりだったのだとしたら？

オフィーリアが自ら身を投げたのであれば、その前にバルコニーの扉を自分で開けている。バルコニーの扉は開いたままになるはずだ。

犯人はそもそも侵入したということに気づかれたくない。バルコニーの扉の鍵をどう閉めるかという問題は、オフィーリアの自殺という形にしてしまうことで解決したのだ。

（犯人は、女王が自殺したように見える殺害計画を立てた。しかし、アンのハーブティーで死んでいるはずの私がまだ生きていた。動揺して、咄嗟に首を絞めてしまった。犯人は自殺の偽装に失敗してしまったけれど、自殺したことにする方がいいと考える者たちが沢山いて、私は自殺したことにされてしまった。……とても自然な流れね）

これからすべきことは、アンの共犯者捜しと、見張りの兵士の話を聞くこと。

今日できるのはこのぐらいだろうと考えていると、突然大きな声に呼ばれる。

「姉上！」

午後の間の扉の前で叫んでいるのは、弟のジョンだ。

オフィーリアは礼儀がなっていないと呆れながらも、ジョンに入室の許可を与えようとした。

二章

一

オフィーリアには、兄と弟がいた。

兄は小さい頃から次期国王としての教育を受けていて、その期待に応えられる才能を持っていた。

剣術や馬術をやらせても、帝王学や法学や経済学をやらせても、教師たちは皆「第一王子殿下はとてもよく学ばれています」と喜んだ。

オフィーリアにとって、自慢の兄だったのだ。

「オフィーリア。それでも、もしものときがあるんだよ」

国王である父は先代国王の次男として生まれた。本来は王冠をかぶることはなかったけれど、父の兄が戦場で若くして亡くなったため、父が国王の座へつくことになったのだ。

父は自分の経験から、子供たちもそうなるかもしれないという不安を抱いていたのだろう。オフィーリアも、弟のジョンも、国王になるための教育を受けた。そしてオフィーリアの婚約者は早々に決まった。婚約者となった幼いデイヴィットも帝王学を受けることになり、万が一に備えさせられていた。

（あの頃は、ただ幸せだった）

父からよく言われていた言葉がある。

――オフィーリア、平和を愛する王女として、兄を支えなさい。ジョン、勇ましい将軍となり、兄を支えなさい。

平和を愛する心と、戦う力。

そのどちらも大事にし、オフィーリアが平和の象徴になり、ジョンが戦いの象徴になり、次期国王である兄の助けになれと、何度も言い聞かされた。

母からは、社交界がオフィーリアの戦場なのだと教えられた。

人に愛されるための笑顔、喋り方……そういったものを徹底的に学び、社交界の中心で常に微笑んできた。話術を駆使して自分の友人を増やし、人脈を作っていった。

病院への寄付や飢えた民の救済を、社交界で得た味方と共に行った。

弟は軍の指揮官になることを望まれ、勇ましく戦うことで国を支えようとしていた。

兄はオフィーリアとジョンを、自分の両翼だと誇らしげに言ってくれた。

（でも、父と兄は呆気なく命を落とした）

この手からぽろりと零れていった、二つの幸せ。

あれはクレラーン国との戦争で、アルケイディア国の勝利が間近に迫っていたときのことだ。ふとした拍子に戦線が崩れて、あっと思っているうちに流れ弾が飛んできた。それが兄に当たった。

周りが驚いている間にも、兄から血がどんどん流れ、遺言もなくそのまま亡くなったのだという。

父は兄の死を知らされたあと、動揺して落馬した。

怪我自体は大したことがなかった。しかし、怪我からの発熱で、驚くほど急に状態が悪くなってしまった。そして父も亡くなった。

息子と夫を次々に亡くした母は心を痛め、王都を離れて静養し、社交界に出なくなっている。

王宮に残されたオフィーリアは、王位継承順に従い、王になるしかなかった。

事前に決められていた通り、戴冠式と共に結婚式も行い、議会を開いてデイヴィットを護国卿にした。彼に政治を任せつつ、自分にできること——……慈善事業に力を入れたり、味方を増やすために奔走したりした。

「姉上は王に向いていない」

　そんなオフィーリアを、ジョンは非難するようになった。

　軍に入ったジョンは、オフィーリアが戦争へ消極的な姿勢でいるように見えたらしく、そのことに不満を抱いたようだ。

「護国卿に政治を任せるような王でいいのか？　デイヴィットは王家の血を受け継いでいないんだぞ」

　ジョンはまだ幼い。大人の言うことは全て正しいと思っている。

　婚約者の父親である第二大蔵卿マシュー・バトラーから聞かされたオフィーリアの批判をそのまま受け止めてしまい、自分こそが王になるべきだと主張し始めた。

　マシューの口から放たれる「この国を救えるのは君しかいない」は、若いジョンにとってとても魅力的な魔法の言葉だ。自分が動かなければこの国が滅びるのだと、信じて疑わなくなっている。

　――ジョンにとっての私は〝優しい姉〟で〝信頼できる大人〟ではない。

　オフィーリアの声はジョンに届かない。仲が良かったはずの弟の視線が、どんどん厳しく、冷たくなっていく。

　兄を失い、父を失い、母が離れていき、残る家族は弟だけになったのに、その弟が姉を見限ったという表情で見てくるのだ。

　しかし、そんなジョンが、久しぶりにオフィーリアの元へ自らやってきてくれた。

「……礼儀を弁(わきま)えなさい。女王の許可なく部屋へ入らないように」

　オフィーリアは、突然入ってきたジョンを叱りつつも、視線一つ動かさない。けれど、神経は尖(とが)らせている。

（ジョン、まさか貴方(あなた)ではないわよね……？）

　王位継承権第一位であるジョンは、オフィーリアが死んだら王になる。

　たしかにジョンはオフィーリアに不満を持ち、自分が王になるべきだと言っていた。しかし、あくまでも『文句を言う』の段階だ。オフィーリアを殺すという段階までは至っていないはずである。

（見極めなければならない。私を殺した犯人を知るためにも）

　オフィーリアは、傷つく結果になったとしても、犯人をどうしても知りたいのだ。

「姉上、昨日と今日の騒ぎはなんですか!?　死んだふりをするなんて……！」

　オフィーリアは、ジョンの中で今回の騒動が『死んだふり』になっていることを教えられた。いや、ジョンの中で、ではない。誰かがそういう流れにしたがっているのだ。誰かはそのためにせっせとくだらない噂をばら撒いているらしい。

（まずはそこからね）

女王がおかしくなったと皆から言われる前に、先手を取っておこう。

「死んだふりではなく、死んだのよ。この首をよく見なさい」

「……手の、痕!?」

ジョンは、本気でくだらない噂を信じていたらしい。

新たな事実を知ったことで、わかりやすく動揺した。

「触ってみて。化粧粉を使っていない本物の痣であることがわかるでしょうから」

ジョンの手が、オフィーリアの首に触れる。

人差し指で赤い痕をなぞったあと、指の腹を見て息を呑んだ。オフィーリアの言う通り、なにもつかなかったのだ。

「私は死にかけたけれど、死ななかった。戦場ではよくあることでしょう？」

オフィーリアの言葉に、ジョンはうっかり頷いてしまう。

「では、本当に姉上は殺されていた……!?」

まさか、と目を見開くその姿は、演技をしているようには見えない。

王女の頃から社交界で戦っていたオフィーリアとは違い、ジョンはまだ感情をすぐ顔に出してしまう。この反応なら、女王殺害未遂事件に関わっていないはずだ。

(よかった……!)

ジョンに嫌われていても、殺したいと思われているわけではない。

今のオフィーリアにとってそれは救いで、勇気が湧いてくる。

――ジョンに対して強気に出ても大丈夫!

今日こそジョンに、姉として、女王として、大事な言葉を届けよう。

「一体、誰がどうして姉上を殺すなんてことを……」

「私を殺したい貴族なんて、いくらでもいるわ」

単なる事実を述べれば、ジョンは喉を詰まらせた。

臣下による国王殺しの歴史が、この国にも他の国にもあるということを知っていても、自分には関係ないと思っていたのだろう。

(本当にまだ若いわね)

オフィーリアは、女王になった瞬間、臣下の視線が変わったことに気づいた。

それまで妖精の女王セレーネだと褒め称えていた男たちが、なにもできない哀れな小娘だと睨んでくるようになったのだ。

(今までは政治をディヴィットへ任せるようにしていたけれど……)

同じことを言っても、オフィーリアの言葉とディヴィットの言葉では、重みが違う。ディヴィットには政治の才能があったし、混乱の時代を乗り切りたいのなら、ディヴィットにできるだけ任せる方がいいと少し前までは思っていたのだ。

でも、もうそんなことにはしない。なりたかった女王になると決めた。

——妖精の女王は死んだ。ここにいるのは、生まれ変わった新しい女王よ。

新しい女王は、十日間で隣国クレラーンとの戦争の方針を固め、あとをジョンに託す。

そのためにも、まず最初にやるべきことは、犯人捜しと枢密院顧問官たちへの牽制だ。

「ジョン、玉座の間に大司法卿を呼んで」

行きなさい、と手を払ったオフィーリアにジョンは返事をしかけ……首を横に振った。

「こんなときだというのに、宮廷画家に肖像画を描かせてどうするのですか⁉ あまりにも呑気です！」

「大事なことよ。この手の痕を証拠という形で残しておかないと」

オフィーリアは、嫌味を言い始めたジョンの言葉を遮り、必要なことだと反論する。

ちょうどそのとき、ティムが木炭を置き、どうでしょうかとオフィーリアにキャンバスを見せた。

「ああ、いいわね。どう？　手の痕が本物そっくりに描けているかしら？」

オフィーリアは、ジョンにキャンバスと自分を見比べさせ、にっこり微笑む。

黙り込んだジョンに、オフィーリアはなにも言わず、ティムに視線を移した。

「ご苦労だったわね。相変わらず素晴らしい腕だわ」

真正面から、右から、左から、それぞれの手形がしっかり記録できた。

オフィーリアは、ティムを褒めながらジョンをちらりと見て「行け」と指示する。

ジョンはなにかを言いたそうにしていたけれど、黙って出ていった。

「これは報酬よ。今度は私一人の肖像画をお願いするつもりだから、またよろしくね」

オフィーリアはティムをしっかり労ったあと、優雅に立ち上がり、赤と黒のドレスのリボンを揺らしながら歩く。

廊下を歩いていると、すれ違う人に二度見された。おまけに、ひそひそという声もまとわりついてくる。とても不愉快だけれど、今は我慢のときだ。

一階の右翼棟にある玉座の間は、壁や床に赤い絨毯が貼られている部屋だ。一際高くなっているところには、王と王妃のための玉座が置かれている。左右に等間隔で設置されている飾り柱の前には、歴代の王の大理石像が並べられていた。

　天井の中央には妖精王リア、部屋の四隅には四季を表す妖精たちの金塗りの木造彫刻が飾られ、それは玉座の前に跪く者を常にじっと見つめている。

　女王に玉座の間へ呼び出された大司法卿ホリス・コーリンは、居心地が悪そうにしていた。女王が生きていることを不満に思っているのかもしれない。

（当然よね。私の死亡確認をしたという書類にサインを書いた人だもの）

　心臓が止まり、冷たくなった女王をこの目で見たのに、生きていた。

　どうしてこんなことに、と一番疑問に思っているだろう。

「妖精王リアに守られし春告げる王よ、お目見えすることができて光栄でございます」

「理想郷に住む子らよ、春の陽射しが貴方たちに降り注ぐでしょう」

　お決まりの挨拶のあと、オフィーリアは口を閉ざした。

　いつも穏やかで優しげな微笑みを浮かべている女王の、らしくない淡々とした表情。それに加えて、妙な沈黙。

　ホリスは強い圧迫感を覚え、それに耐えきれず、へらりと笑う。

「女王陛下、ご機嫌麗し……」

「私の機嫌が麗しくないのはわかるでしょう？　首を絞められて、バルコニーから投げられ、死にかけたんだから。頭の傷がまだ痛むわ」

ホリスは、申し訳ありませんと頭を勢いよく下げた。

オフィーリアは、傍で控えている書記卿ベネット・モリンズを指で呼び、持たせていた書類を受け取る。

「女王の崩御についての公式文書を作成したのは、大司法卿である貴方ね？」

「はい」

アルケイディア国における大司法卿は、司法の最高責任者である。

大司法卿は国王が亡くなったとき、天が定めた命を全うしたのか、それとも殺されたのかを判断し、国務の最高責任者である大国務卿に報告しなければならない。

「女王が自らバルコニーから飛び降りた、という判断をしたのはなぜなの？」

ホリスは、オフィーリアが生き返ったところに居合わせていた。首を絞められたという話を、あの場で聞いていたはずだ。

どんな言い訳をするのだろうかと、オフィーリアは慌てているホリスをじっと見つめる。

「女王陛下が、その、バルコニーの下で倒れていたものですから！」

「そう。なら、まずは殺害を疑うのが貴方の仕事ではなくて？」

「疑いました！　はい、ええ、私は疑いました！　しかし、女王陛下の執務の間と待合の間の扉を見張っていた兵士は、誰も通さなかったと言っていたので……！」

オフィーリアは、豪奢な椅子の肘置きをとんとんと人差し指で叩く。

「バルコニーから侵入した者がいたかどうかは調べたの？」

「鍵は壊されていませんでした……！」

「夕方からずっと鍵が開いていたら？　私は寝る前にバルコニーの施錠の確認をしたことはないわ。それは近衛兵や女官の仕事だもの」

ホリスは冷や汗を流す。

朝になってから発見された女王は、頭から血を流していて、白いナイトドレスが真っ赤に染まっていた。

バルコニーの扉は開いていて、鍵は壊れていなくて、そして見張りをつけている二つの扉を通った者はいないという証言が得られた。

――女王は自殺した。

誰もがそう思ったし、自殺しそうなか弱き女性に見えていたし、それでいいと頷いた。

国務大官たちが一度そう決めてしまえば、「もしかして……」と言い出せる者はいない。

「そっ、そうです！　ご遺体の検分を行った医師が、唇の色も爪の色も変わっていない。他に外傷もない。これは自ら……と！」

ホリスは必死に検死をした医師へ責任転嫁しようとする。

それでいいと頷いたのは貴方でしょう、とオフィーリアは呆れた。

「女性は寝化粧をするのよ。私の身体を清めてくれた女官は、唇と爪が真っ青だったと証言していたわ。首にある手の痕にも気づいた。……貴方、女官の話を聞かなかったの？」

葬儀の前、血で汚れた女王を清めた女官は、なにか思うところがあっただろう。しかし、既に決まってしまったことに異議を唱えることはできなかった。

もしもホリスが、なにか異変はないかと改めて女官に尋ねていたら、彼女たちは疑問に思っていることを言い出せたかもしれない。

「大司法卿である貴方が、こんなにも単純な見落としをしてしまっただなんて……」

オフィーリアの呆れた声が玉座の間に響く。

ホリスは心の中でしまったと何度も呟いた。遺体の検分を慎重に行うべきだったと、今更悔やむ。

「貴方、きっと疲れているのね」

オフィーリアのことを、皆が妖精のようだと言う。

社交界の主役だけれど、政治は夫に任せ、でしゃばらない、素晴らしい女性。会議では常に穏やかに微笑み、デイヴィットの提案に頷くだけ。

いつものあの妖精の微笑みが向けられたとき、ホリスは慈悲深さに感謝しながらそうですと何度も頷いた。

「申し訳ございません！　どうやら少し疲れていたようで……！」

「なら休んだ方がいいわね。皆には私から言っておきましょう。大司法卿は自宅でゆっくり休養を取るとね」

これは「謹慎しろ」という命令だと、ホリスはようやく気づいた。

弁解しようとするホリスを、オフィーリアは兵士を使って玉座の間から叩き出す。

「なんてことだ……！　女王陛下はどうかしている……！」

ホリスの呆然とした呟きは、オフィーリアの耳にも届いた。

「そうよ。私はどうかしているの」

そうでなければ、生き返ったりしない。開き直ったオフィーリアは、ホリスの仕事の穴を埋めるために、第二大司法卿ローガン・シーズを呼ぶ。

第二大司法卿は、その名の通り大司法卿代理となる者だ。大抵の者は、大司法卿の座を狙い、その足を引っ張ることばかりを考えているだろう。

「大司法卿は、〝女王殺害未遂事件〟を自殺と処理してしまうぐらいお疲れみたい。休んでもらうことにしたから、貴方が代わりに女王殺害未遂事件の犯人捜査の指揮を取ってちようだい」

ローガンは、事件の犯人を見つければ、大司法卿の座を正式に手に入れることができるかもしれないという期待をした。恭しく頭を下げ、全力で取り組みますと告げる。

「事件が起きる前のことも徹底的に調べて。侍従や女官の証言と交友関係、扉やガーデンテラスの見張りをしていた兵士の証言と交友関係、可能な限りの調査を。それから、王の六つの部屋にいつ誰が出入りしたのか、ガーデンテラスからバルコニーに登れるのか、何者かが入ってきた痕跡はあるのか、私のハーブティーに毒物が混入していなかったか、全てをもう一度見直しなさい。……大司法卿は疲れていて、捜査の見落としがとても多かったのよ」

捜査を怠ればお前も同じ道を辿るぞ、とオフィーリアは微笑みながら告げた。

「私の女官のアン・セコットの検死も改めて頼むわ。彼女は口封じのために殺された可能性がある。アンの背後は最優先で調査しなさい。もうそろそろ遺体が宮殿の教会に運ばれてくるはずよ」

「春告げる王の御心のままに」

ローガンは女王からの細かい指示を受けたあと、緊張しながら退出した。手を抜けばすぐに見抜いてやるぞという圧力を感じてしまったのだ。いつの間にか冷や汗もかいている。

玉座の間に残ったオフィーリアは、控えているベネットに枢密院会議の準備を命じた。

そして、柱の陰にいるジョンへ話しかける。

「ジョン、この国のこれからについての話をしましょう」

オフィーリアが死んだら、次の王はジョンだ。デイヴィットに国を任せる気はないことを、遺言状にしっかり書いておかなければならない。

「隣国クレラーンとの戦争再開について、王位継承権第一位である貴方の意見を聞かせてちょうだい」

この場にいるのは弟や子供ではなく、王家の男子である。

そう宣言したオフィーリアに、ジョンは息を吐いた。

「今すぐ全面攻勢に出るべきです」

「その理由は？」

「兄上を亡き者にしたクレラーン国へ報復するためです。それに、本来なら勝利していた戦争なのに勝利という扱いにならなかったため、我が国が勝利したことを味方にも敵にも改めて示さなければなりません」

クレラーン国は、アルケイディア国の北に位置する国だ。クレラーン国は、雪が積もらない領土を求め、何度もアルケイディア国に攻め込んできている。

ここ最近のクレラーン国は、頻発していた内乱によって力を落とし、秋の初めの進軍計画もこちらに筒抜けになっていた。おまけに、貧相な装備で攻め込もうとしていたため、アルケイディア国が絶対に勝てる戦争になっていたのだ。

しかし、その戦争でオフィーリアは兄を失った。

兄の訃報(ふほう)を聞いて驚いた父が落馬し、その後の発熱であっさり亡くなった。

慌ててオフィーリアの戴冠式を行うことになったため、クレラーン国との戦争に勝っている最中ではあったけれど、進軍を中断させることになった。そのせいで、アルケイディア国は、クレラーン国に『勝った』のではなく、『自国から追い払っただけ』になっているのだ。

「ジョン。全面攻勢を支持するという意見は、本当に貴方の意見なの？」

「勿論(もちろん)です」

ジョンは若い。軍に入り、軍事について実践で学んでいる最中だ。

軍に入るまでは、家族と、家庭教師と、同年代の貴族の友人との交流しかなかった。

「では、どうして反対派がいるのかを理解しているのかしら？」

「姉上のように、戦うことを恐れる者がいるからです。戦争になればたしかに人が傷つきます。兄上も戦争で亡くなりました。父上は戦場で怪我(けが)をしました。できる限り戦争をすべきではありません。しかし、全ての戦争を回避していたら国を守れません！」

臆病者、とジョンの瞳がオフィーリアを詰る。

「考えが足りていないわ。まずはそこからね」

「……！　軍の者も、バトラー第二大蔵卿もそう言っています！　勝てる戦争だったのに、なぜあのまま進軍しなかったのかと！」

「それは軍の声であって、バトラー第二大蔵卿の声であって、皆の声ではないの」

オフィーリアは、興奮しているジョンに落ち着きなさいと言う。そして間を取る。

ジョンは、ひと呼吸させられてしまった。そして、聞くという準備を自然と整えてしまった。

「お兄様がいらっしゃった頃、私たちはそれぞれ別の役割を与えられていた。私は平和を愛する王女として、貴方は勇敢なる王子として、王太子を支えられるように育てられていたわね」

平和と力、どちらも大事なものだ。

いずれ国王となる長兄が、一方へ偏らないようにしたかったのだろう。

「でも、あの頃と今では状況が全く違う。役割分担なんてもう無理よ。私は女王になった。貴方は王位継承権第一位になり、あの頃のお兄様の立場になった。貴方はもう武力を振りかざすことを叫ぶだけでは駄目なの」

オフィーリアは、真剣な眼差しをジョンに向け、ゆっくり話す。

「勿論、私も平和を愛するだけではいけない。皆に戦場へ行けと命令しなければならないときもある。……だからこそ、『皆』の意見を聞かなくてはならないわ」

ジョン、とオフィーリアは弟に呼びかけ、肩に手を置いた。

「申し訳ないけれど、私は貴方をただの弟として扱うことはもうできない。貴方はこれから、次代の王であることを強く意識しなければならないの。まずは皆の意見を聞きなさい。今すぐクレラーン国に全軍を投入しろと言う人と、そのことについて反対する人、どちらの意見もしっかり聞いてみて」

オフィーリアは、王としての大事な心得をジョンに教える。

しかし、ジョンはオフィーリアの手を拒絶した。瞳の奥に暗い炎を宿しながら、オフィーリアを睨みつけ、その手を払いのける。

「……もう、うんざりだ！　姉上の話は自分の意見を通すための言い訳でしかない！」

「ジョン、それは違うわ。私は……」

「姉上がザクトリー護国卿の言いなりなのは周知の事実です！　姉上こそ、それは姉上の意見なのですか⁉」

そうね、とオフィーリアは頭のどこかでジョンに同意した。

少し前までの自分が本当に愚かであったことは、自分でもよくわかっている。そして、そんな自分に怒りを感じてもいる。

だからこそ、もうそんなことはしない。この十日間は、なりたかった女王になるのだ。

手始めに――……ジョン。

弟の反抗期に、「あらあら」と困った顔をして引き下がる優しい姉はもういないことを、ここでしっかり教えてやろう。

「……私がずっと優しい姉上でいてあげたことに、貴方は感謝した方がいいわ」

デイヴィットとジョンは、仲が良かった。だから、オフィーリアはジョンの言うことを信じたのだ。それが不幸の始まりだったと、今ならわかる。

「貴方は、私があの男の言いなりになるという不幸を、ただ見ていた」

オフィーリアの低い声に、ジョンが驚く。

「あの忌々しい夫の好みを貴方に教えられてから、ずっとそれを信じてきた。控えめで優しい女性が好きだと言われたからそうした。浮気も我慢した」

「姉上、それは……」

「その結果があれよ。……知ってる？　あの男は死んだ私を見て笑った！　喜んだ！」

ジョンもデイヴィットの浮気を知っていたはずだ。オフィーリアを愛していないことも、きっとわかっていた。

「姉上、デイヴィットは、そう、姉上の前では心を浮つかせないというマナーを……」

「マナー!? 人を不幸にするマナーなんてものがあるわけ!? 私は礼儀作法の教師から一度もそんなものを習わなかったわ！」

「お、大人の嗜みという……」

「あの男、大人になる前から私を不幸にする気満々だったわよ！ ジョン、貴方はデイヴィットを庇うわけ!? 私とあの忌々しい男、どちらの味方なの!?」

オフィーリアの怒りに圧倒されてしまったジョンは、「姉です」という言葉がすぐに出てこなかった。そのことがオフィーリアの怒りを更に駆り立てる。

「弟なら姉の幸せを祈りなさいよ！」

「!? えっ、祈っています！」

「どこが!? 嘘をつかないで！ 私は不幸だった！ 貴方はなにもしなかった！」

ジョンの目が見開かれる。

「姉上……それは、それは違います……！」

「違わないわ！ 私がどれだけ貴方を気遣っても、貴方はいつだって私に言いたい放題するだけ！　私が傷つかないとでも思ったの!?　なんでも許されると思っていたの!?」

「僕だって、気遣っ……」

「私の葬儀で『王に相応しくなかった』と冷たく言い放つことが気遣うですって!?」

そうよ、とオフィーリアはあのときの怒りを思い出した。

泣くべきだったとは言わない。泣くことだけが悲しみの表現ではない。

しかし、絶対にもっと違う言葉があったはずだ。

「私を馬鹿にできるような経験なんて、まだないでしょう！」

オフィーリアの怒りに任せた手のひらが、ジョンの頬を襲った。

物凄く気持ちのいい打撃音が鳴り響き、そしてしんと静まり返る。

ジョンはよろめいたあと、頬を押さえて呆然としてしまった。

「姉上……」

ジョンにとってのオフィーリアは、いつも穏やかで優しく控えめで、社交界の妖精の女王だと称えられてきた理想の女性だ。だからこそ、目の前の怒り狂う女性と姉とが、なかなか結びつかなかった。

「……ジョン、もう一度訊くわ。私とあの忌々しいデイヴィット、どちらの味方なの？」

もう一度叩かれるのは勘弁だと、ジョンは慌てて口を開く。

「姉上です！」

「ええ、そうね。そうでしょうね。姉は幸せになるべきよね？」

「はい！　姉上には幸せになってほしいです！」

軍に入ったジョンは、王族であっても、仕事中はきびきびと大きな声で返事をするという決まりを叩き込まれた。

そして、叩かれたという衝撃と動揺によって、オフィーリアのことを、心優しい姉ではなく上官だと認識してしまったのだ。

「あの忌々しい……いいえ、こんな言葉では足りないわ。ジョン、デイヴィットの名前の前に罵倒の言葉をつけたいのだけれど、なにか適切な言葉はないの？」

オフィーリアは、王族の女性としての教育を受け、常に皆の期待に応えてきたからこそ、俗な言葉をあまり知らない。

いつものジョンならまあまあと宥めただろうけれど、今のジョンはオフィーリアを上官のように思ってしまっていたため、うっかり答えてしまった。

「クソったれ……とか」

オフィーリアは、ジョンから教わった『クソったれ』の響きを噛みしめる。

「どういう意味なの？」

「えっ!?　罵倒の言葉なので意味というのも……ええっと、汚物、かな……？」

「いいわね、それ」

オフィーリアの瞳が輝き、生き生きとする。

「私はあのクソったれのことを絶対に許せなくて、これからは声を聞くだけでも苛立つでしょう。……でもね、ザクトリー公爵には、人を見る目があり、人を使う才能があり、国の要職に就けておく人物であることは間違いないのよ。傍に置いたら苛々するとわかっていても、私はあのクソったれの意見に耳を傾けなければいけない。私は女王だから」

本気で憎たらしいし、死んだら大喜びするだろうけれど、同時に惜しい人を亡くしたとも思うだろう。どうしてデイヴィットは最低な男に生まれてしまったのだろうか。

「私は彼の意見を聞いたら、聞くだけではなく、納得する努力もする」

オフィーリアの言葉が意外だったのか、ジョンの目が見開かれた。

「王の仕事は、相反する二つの意見のどちらかを選ぶことよ。選ばれなかった方は不満に思うでしょうね」

ジョンは、オフィーリアが語る『王』というものに、不満を見せた。

「王の決定は絶対です。不満を抱くのは不敬です」

「そうよ。でも不満が降り積もれば、武力で対抗しようとする者も生まれる。そんな歴史はいくらでもあった。私が殺されかけたのもきっとそう。……だから、選ばない方の意見もしっかり聞いて、納得する。耳を傾けるという王の姿勢が、選ばれなかった側の不満を少しでも減らすかもしれない」

オフィーリアはジョンと話している最中、ジョンの言葉にできるだけ頷いていた。これはジョンの気持ちに寄り添い、その気持ちに同意しているという小細工だ。

「そんな小細工をして、と思った？　でもね、その小細工が上手な者を、人々は『人望がある』と評するの。そしてザクトリー公爵には人望がある」

「……僕にも小細工をしろと？」

「ええ。貴方は次の王だから、人望があって困ることはない」

オフィーリアのこの言葉が、どれだけジョンの心を動かしてくれるのかはわからない。

しかしもう、血気盛んな若き王弟のままでは困る。ジョンは十日後に、新たな王になるのだから。

「第一王位継承権をもつ王弟としての自覚をもっと持ちなさい。それは王になるという覚悟や意欲だけではないの。人望を得ること、それから……人を疑うこと」

真っ直ぐに育ったジョンは、笑顔で挨拶をされたら、その人は善人だと思ってしまう。この意識をすぐに変えるのは難しいだろう。それでもやってもらわなければならない。

「バトラー第二大蔵卿も、デイヴィットも、王家の人間ではない。彼らは王家を利用する側よ。心地よく感じる言葉の裏には、必ずなにかがある」

ジョンにとっての〝信頼できる大人〟は、絶対の味方ではないのだ。

「貴方は私のことを王に相応しくないと言ったわ。それは私が臆病でデイヴィットの言いなりだから、という理由みたいね」

弟の教育のためにも、自分が王としての見本を見せなければならない。

デイヴィットが王家の血を引き、王家の一員としての教育を受けていたら、デイヴィットを見ていなさいですんだのに……というくだらない妄想をついしてしまった。

「これから議会でデイヴィットが私の支配下にあることを示し、ついでにくだらない噂を消してみせるわ。しっかり見ておきなさい」

オフィーリアは立ち上がり、会議の間に向かう。

足早に風を切るようにして歩くオフィーリアの姿は、ジョンからは勇ましい軍人のように見えていた。

二

アルケイディア国の、春告げる国王の栄光ある枢密院(すうみついん)。

枢密院は、立法と行政への助言を行う機関であり、二十一人の枢密院顧問官によって形成されている。

枢密院顧問官の中には、国務大官と呼ばれている者たちがいる。

戴冠式や結婚式といった国王の儀式を執り行う【大家令卿(だいかれいきょう)】。行政や立法の面で国王を支える【大国務卿(だいこくむきょう)】。司法の長の【大司法卿(だいしほうきょう)】。財政を担当する【大蔵卿】。ただし、第一大蔵卿は国王が兼任しているため、実務は第二大蔵卿が担っている。枢密院会議の司会進行を務める【枢密院議長】。国王の秘書である【書記卿(しょききょう)】。宮殿の管理を任されている【大侍従卿(だいじじゅうきょう)】。国王軍の司令官である【大司馬卿(だいしばきょう)】。海軍指揮官の【海軍卿(かいぐんきょう)】。

この九人の国務大官が、枢密院の中心になっていて、なにかあればすぐ宮殿へ駆けつけることができるように、王都で暮らすことを義務付けられていた。

オフィーリアの招集に従い、会議の間に集まった枢密院顧問官たちは、オフィーリアが入室すると同時に、右手を左胸に当てる。

「妖精王リアに守られし春告げる王よ、お目見えすることができて光栄でございます」

「理想郷(アルケイディア)に住む子らよ、春の陽射(ひざ)しが貴方たちに降り注ぐでしょう」

議会の始まりの挨拶をしたあと、オフィーリアは椅子に座った。

オフィーリアが座ってから、皆も静かに着席する。

「急な招集だけれど、こうして全員が集まってよかったわ」

会議では、女王の発言中は静かにしていなければならない。

会議では、挙手をしてからでないと発言してはならない。

オフィーリアは、先に言うべきことを全て口にするつもりでいた。

「女王殺害未遂事件について、妙な噂があるみたいね」

議会に出席している者の顔を、順番に見ていく。

末席には、王家の一員として枢密院顧問官になっているジョンもいた。

(よく見ておきなさい。貴方は十日後、この席に座るのだから)

ここにいる皆は、国のことを考えていると言いながら、自分のことを考えている。

国と自分が同一のものという感覚を持てるのは、自分とジョンだけなのだ。

「先々日の夜、私は一人で寝室の間を使っていた。夜中、息苦しくて目を覚ましたら、首を絞められていた。……首を絞められた証拠ならここに」

オフィーリアは、首に残っている痕を見ろと指でなぞる。

ずっと首の痕が気になっていた者たちは、まだ声を出してはいけないのに、思わず「まさか」「こんなことが」と言ってしまった。

「その後、犯人は意識のない私を担ぎ、バルコニーから投げ落とした。この女王殺害未遂事件については、既に第二大司法卿へ捜査をするよう命じてあるわ」

皆の視線が、第二大司法卿であるローガン・シーズに集まる。

ローガンは勿論だと頷いた。それと同時に、ざわめきが広がる。

捜査の責任者であるはずの大司法卿の姿が見えない。全員集まったと女王は言っていたのに、これは一体どういうことかと戸惑う。

「大司法卿は、女王殺害未遂事件の調査で大きな見落としをするほど疲れていたから、屋敷でゆっくり静養するように勧めたわ」

オフィーリアは優しく微笑む。

皆、どうして大司法卿がここにいないのか、ようやく理解した。

女王が自殺した、という誤った処理をしたことについての責任を取らされたのだ。

「私は苦しみながらもずっと意識があった。葬儀の最中にようやく動けるようになったけれど……。なにやら、女王の目覚めを祝うどころか、妙な噂を流す者がいるみたいね」

そんなことをする人物の心当たりがあまりにも多すぎる。

オフィーリアは、悲しさを通り越して呆れてしまった。

「女王殺害未遂の証拠がはっきりあるのに、私が自ら飛び降りただとか、死んだふりをしただとか、あまりにも浅はかで愚かな妄言を述べているらしいわ」

女王へのただの嫌がらせなら、この程度の警告で充分だろう。女王を本気で怒らせたら、次は自分が大司法卿と同じ目に遭うことを、もう知っている。

しかし、そっと口をはさんでくる者がいた。

「……女王陛下、目覚めたばかりでお疲れなのでは？」

余計なことを言ってくれたのは、夫であるザクトリー護国卿デイヴィットである。

大聖堂でオフィーリアに横っ面を叩かれ、床に倒れ込むという無様な姿を皆に見せたばかりなのに、今はそんな様子が夢だったかのように背筋を伸ばして堂々としていた。

（その鉄の心臓、素晴らしいわ。溶鉱炉にでも突き落とさないと死なないわね）

オフィーリアは、己の死を喜んでいた男の顔をじっと見つめる。

「その指の痕も、本当に先々日の夜につけられたものなのかはわかりませんし……」

――つい先程、つけたばかりの痣なのでは？

デイヴィットは、女王の頭がおかしくなったと、皆に思わせようとしていた。

(私が男だったら、有無を言わさずもう一度殴ってやったわ)

言葉で打たれるだけで済むのだから感謝しなさい、とオフィーリアは妖精の微笑みを浮かべる。

「できたばかりの痣と、数日前にできた痣の違いぐらい、護国卿はご存知だと思っていたわ。戦場を離れると、勘が鈍ってしまうのね」

オフィーリアは頬に手を当て、この場に似つかわしくないぐらい可憐に首を傾げた。

「バトラー第二大蔵卿、私のこの痣はたった今できたものかしら？」

第二大蔵卿マシュー・バトラーは、ジョンの婚約者の父親だ。護国卿であるデイヴィットとは政敵という関係にある。今だけは、オフィーリアの味方をするだろう。

「赤味が引いていて、紫色や緑色も混じっています。間違いなく数日経った痣です」

「ですって」

ほら、とオフィーリアは指で自分の痣を撫でる。

「たしかにそのようですね。ですが、痣ができたのは先々日の昼かもしれませんし、先々日の夕方かもしれません。夜にできたものだと証明できる者はどこにも……」

「あら？　夫の貴方が証明できないなんて、おかしい話だわ」

急に矛先を変えたオフィーリアに、デイヴィットは驚いた。そんなことを言われるとは、想像もしていなかったのだ。

「おかしいというのは……」

「先々日の夜、貴方は私の寝室の間にいなかった。もしも寝台を共にしていたら、『侵入者はいなかったし、女王陛下は首を絞められていなかった』という貴方の証言を、皆が信じたでしょう。でも、寝室にいなかった人が、夫として妻を守るという役目を放棄した人が、どうして夜に首を絞められていなかったとはっきり言えるのかしら。本当に不思議ね」

事件現場となった寝室の間にいるべきだったのに、いなかったお前の発言なんて、全部ただの言いがかりだ。

オフィーリアの主張はあまりにも正論で、デイヴィットのよく回る口が止まる。

その隙を見逃さず、オフィーリアは追加攻撃を行った。

「ああ、不思議なことがもう一つあったわ。大侍従卿と女官長と近衛隊長が、女王殺害未遂事件の責任を取れと謹慎させられたみたい。でも、一番責任を取らなければならないはずの夫が、なぜか責任を取っていないみたいなの。やっぱり本当に不思議だわ」

オフィーリアから〝夫〟であることを持ち出されると、デイヴィットは反論の糸口を失う。言いくるめることを諦め、どうにかこの話を丸く収めようとした。

「みんな、すまないね。妻に対して誠実さが足りなかったようだ。つまり、これは夫婦喧嘩ということさ。……オフィーリア、二人きりで話そう。私たちには話し合いが……」

「私はここでいいわ。今のは夫婦喧嘩ということらしいから、公式の記録には残さないでおきましょう。書記官、そのように」

デイヴィットは夫婦の問題にすり替えようとした。それにオフィーリアは乗ってやる。

心の中で、引っかかったわねと笑ってやった。非公式の発言になるのなら、こちらもだからこそ言えることがあるのだ。

「オフィーリア、君は疲れていると思うよ。夫である私の支えが足りなかったんだろう。どうだろうか、二人で少しゆっくりするというのは」

今更ご機嫌取りをしても、もう遅い。

まだ自分が主導権を握れていると思っているデイヴィットに、皆の前でその立場を思い知らせてやろう。

「そうね。なら退位しようかしら？　ジョンは十六歳になっているし、王として民に春を告げることもできるでしょう」

さぁ、どうする？　とオフィーリアは笑いを堪えた。

「……、それ、は、オフィーリア、大丈夫だよ。私が傍についているから。心配しなくてもいい。共にこの国を導いていこう……！」

デイヴィットは、退位すると言い出したオフィーリアを、一転励ましにかかる。

先程まで休んだ方がいいと言っていたのに、自分にとって都合が悪くなると、あまりにも華麗に手のひらを返した。

（そうよ。あくまで貴方は私の王配。護国卿でしかない。私がジョンに後を任せて自ら退位したら、共同統治者ではなく、王族の夫という扱いになってしまう）

オフィーリアが突然死んだから、そしてジョンが若すぎるから、デイヴィットに好機が巡ってきたのだ。

自ら退位するという手続きを踏めば、デイヴィットは絶対に王冠をかぶれない。

「休めと言ったのは貴方でしょう。どうして嫌がるの？」

「オフィーリア！　そういう意味ではなくて……！」

公式の場で退位を匂わせれば、それを逆手に取る者も出てくるだろう。

しかし、これはあくまでも夫婦喧嘩の場面で、非公式な会話である。だからオフィーリアも退位する気がないのに退位すると言い出せたのだ。

（私に退位されると困るでしょう、デイヴィット）

オフィーリアは、ふっと笑う。

「もう一度訊くわ、デイヴィット。私のことを、首を絞められたという妄言に取り憑かれた女王だと、まだ思っているのかしら？」

ここで「そうだ」と言えば退位するぞ、とオフィーリアは脅した。

そして、デイヴィットも、ようやく自分とオフィーリアの力関係を理解する。

デイヴィットは、常に自分が上だと信じてきたけれど、オフィーリアの愛を失えば、それはあっさり逆転するものだったと思い知らされた。

「……私は誠心誠意を尽くし、君を襲った犯人を捜そう」

「ああ、よかった。わかってくれたのね、デイヴィット」

オフィーリアはデイヴィットの手を取り、しっかりと握る。頬を赤く染めて、嬉しいという気持ちを込めて微笑んでやった。

議会に出席している者たちもまた、オフィーリアとデイヴィットの関係への認識を改める。デイヴィットの言うことへ穏やかに頷くだけの女王だと思っていたけれど、もしかして違ったのかもしれない……と。

「夫婦喧嘩は終わりにしましょう。……議長、議会を中断して申し訳なかったわ」

ここからは再び公式の場だと、オフィーリアは宣言した。

「それでは、護国卿の責務を果たせなかったザクトリー公爵には、少し休んでもらいましょう。仕事ができなかったのは、それだけ疲れている証拠でしょうから」

大司法卿と同じく謹慎しろと命じられたデイヴィットは、激しく動揺する。

「オフィーリア!?」

「今は議会の最中よ。女王陛下と呼びなさい」

「待ってくれ！　あの日は偶然……」

「責務を放棄していたのは、先々日だけではないわ。近衛兵と女官の証言はいくらでも出てくるのよ。休んでもいいという寛大な言葉を与えられているうちに休んだ方がいいのではなくて？　次はないわよ、このクソったれ」

女王の口から、俗な罵倒語が出てきたので、皆が驚く。

「え？」「……今のは？」と顧問官たちは自分の耳をまず疑い、それから動揺した。

会議の末席に座っていたジョンは、両手で頭を押さえる。妖精の女王セレーネのようだと言われていた姉が口にすると、色々な意味で破壊力がありすぎた。なんで教えてしまったのか、そしてなんで皆の前で言わせてしまったのかと、自らの行いを反省する。

（あら？　なかなかの反応ね）

オフィーリアは、美しいという言葉が似合う。だからこそ、クソったれという言葉との差があまりにも大きく、罵倒語の威力が思っていたよりも増したようだ。

「ここは枢密院会議の場なの。私の言いたいことをしっかり理解しなさい」

責務放棄の件で、護国卿としての資格があるかどうかを議題にしてやろうか。

オフィーリアの脅しに、デイヴィットは焦った。

「……あとでゆっくり話そう」

「いいえ、しばらく顔を見せなくていいわ」

オフィーリアは優しく微笑み、春を告げる鳥のような声でデイヴィットに退出を促す。

デイヴィットは、護国卿の資格の有無についての話し合いにさせるわけにはいかないので、ここで撤退することにした。失礼すると言って会議の間から出ていく。

(派手な夫婦喧嘩だと勘違いされても困るわね)

オフィーリアは、皆にしっかり釘を刺すため、女王として語りかけた。

「大司法卿も、護国卿も、己の責務が手に余っていたのね。彼らのように、無責任な噂に惑わされたり、それで優先すべきことやなすべきことを怠れば、議題の一つにするつもりよ」

〝正式な謹慎処分〟と〝少し休めという労りの言葉をかけられた〟の差は、あまりにも大きい。オフィーリアは、今回はとても優しい処分をしてやったのだと、皆に教える。

「女王殺害未遂事件についての捜査を、これから徹底的に行うわ。捜査に非協力的な者がいるのであれば、それもここで取り扱いましょう」

オフィーリアの飴と鞭の絶妙な具合に圧倒されたのか、皆から反論はない。

「それでは、本日の議題だけれど……妙な噂を流した人物を知っている者は？」

主犯にひやりとしてもらうために、オフィーリアは更に攻め込んだ。

すると、妙な噂を流した側としか思えない人物がすぐに手を挙げる。

「ウッドヴィル大司馬卿、どうぞ」

枢密院議長が発言を許したため、大司馬卿ランドルフ・ウッドヴィルは口を開いた。

「そのような根も葉もない噂は、下々の者の間で流れているようです。噂を聞いた者は、その場でしっかり注意をすべきでしょう」

ランドルフは、噂の発信元はお前だと他の者から糾弾される前に、自ら率先して噂を消して回るつもりだと言い出す。

オフィーリアは満足そうに頷いた。

「ええ、そうね。助かるわ。……それでは、臨時の枢密院会議はこれで終わりましょう」

女王が立ち上がれば、皆も立ち上がらなければならない。

議長によって会議の終わりが告げられ、オフィーリアが退出すると、会議の間にいた者たちは思わずため息をついてしまう。

「……あれは、本当にオフィーリア女王陛下なのか？」

社交界の妖精の女王と呼ばれていた美しくて優しい女性は、どこにいったのだろうか。

血のように赤い薔薇色のドレスを着た今日のオフィーリアは、どこからどう見ても勇ましく凛々しい王であった。

三

オフィーリアは、生き返っていられる十日間を少しでも静かに過ごせるようにしたかった。オリバーに「デイヴィットがなにを言ってきたとしても、国王の私的な部屋へ絶対に通すな」と命じると、オリバーは満足そうに頷く。

「オリバーと浮気できていたら、なにか変わっていたのかしら」

オフィーリアは想像の羽を広げ……断念した。オリバーは信頼できる近衛ではあっても、女として魅力的に感じる相手ではない。想像するだけでもぞっとしてしまう。

「女王陛下、失礼します。メニルスター公爵が面会を希望しております」

扉の向こうにいる侍従が、声をかけてくる。

オフィーリアは、メニルスター公爵である弟に、謁見の間への入室を許可した。

なにかあったとしても、ジョン相手なら多少の抵抗ができるはずだ。万が一があれば近衛兵を呼んで……、不敬罪にするとこちらも色々困るので、姉弟喧嘩が盛り上がったと言ってジョンを止めてもらおう。

「……失礼します」

ジョンは思い詰めているというわかりやすい顔で謁見の間に入ってくる。

オフィーリアは、自分の向かい側のソファに座れとジョンに促した。

「姉上に言われた通り、枢密院会議が終わったあと、皆に話を聞いてみました」

「……！」

予想外の言葉が出てきて、驚いた。

皆に話を聞いてこいと言ったのはオフィーリアだけれど、そこまで素直にすぐ動くとは思わなかったのだ。

「どうだったの？」

焦りそうになる心を抑え、ゆっくり尋ねる。

ジョンは膝に置いていた手をぎゅっと握った。

「反対派にも様々な意見がありました。……和平を心から望んでいる者、民の負担を考えている者、これからくる冬に備えて春に攻めるべきだという計画を立てている者……」

勝てる戦争ならみんなで戦えばいい。

そう思っていたジョンは、〝冬〟という単語が出てきたときにはっとしたのだ。

「冬に戦っては駄目だと、父上も軍の兵士たちも言っていました。雪に足止めをされ、雪に殺され、食べる物がなくなり、ただ苦しんで死ぬだけだと」

北国であるクレラーン国には、雪深いところも多い。

クレラーン軍が退却したら、こちらは追いかける。追いかけた先が降雪地帯で、動けなくなったところを攻撃されたら、大雪に慣れていないアルケイディア軍は逃げることです
ら難しいだろう。

「短期決戦になり、冬がくる前に勝てたらいい。でも、できなかったら……」

「ええ。戦争に絶対はない。楽に勝てる戦争の最中に、お兄様は亡くなった」

──大丈夫だよ、今のクレラーン国に大した力はないから。私は最前線に行くわけではないし、みんなを励ますだけだ。心配しなくてもいい。

それでも兄は流れ弾に当たって、血が止まらずに死んでしまった。

兄を失ったという深い悲しみを、オフィーリアとジョンは抱えている。

「民の負担も気になりました。戦争というのは、勝っても負けても、民に負担をかけてしまいます。戦争の準備は全て税金で賄われていますから。他にも……皆の意見が一致しない状態を心配している者もいました」

一人ひとりが違う意見をもっていた。ジョンはどの意見にも「たしかにそうだ」と納得できたのだ。

戦うべきか。和平を求めるべきか。

今は全面攻勢の好機だと思っている。しかし、戦うべきだとただ闇雲に叫ぶのはなにかが違うとも思い始めている。

「私は、クレラーン国への早期の全面攻勢を回避すべきだと考えているわ」

「……はい」

オフィーリアは、自分の声がジョンに届いていることを確信した。

今なら、ジョンが自分の考えに理解を示してくれるかもしれない。

「理由は貴方(あなた)が言っていた通りよ。その中でも、最も大きな理由は、冬がくるから。短期決戦が可能であればそうしたいけれど、長期化するかもしれない。……なぜなら、クレラーン国侵攻計画には反対派がいる」

戦争の長期化を心配する者、税金を心配する者、そして、政敵が主戦派だからという理由でただ反対する者もいる。

「無理に戦争の再開を選べば、理由をつけて戦争に参加しない貴族も出てくる。それはもう〝全面攻勢〟ではないわね」

「……国王の命令でもですか？」

「ええ、私を最も馬鹿にしている男のうちの一人、よりにもよって護国卿のデイヴィットに、兵を動かす気がないのよ。なぜかというと、政敵であるウッドヴィル大司馬卿に失敗してほしいから」

デイヴィットは、この状況をよく見ている。

クレラーン国との戦争になったら、負けることはないけれど、すぐの勝利は難しいかもしれないという判断をしたのだ。

そして、戦争反対派に回り、賛成派による戦争再開が上手くいかないようにし、ぐずぐずと長期化して遠征に失敗してもらい、ウッドヴィル大司馬卿やバトラー第二大蔵卿といった政敵を弱体化させたいのだ。

「デイヴィットは、自分勝手な理由で戦争再開に反対している。最終的には、主戦派だけで出兵を強行してほしい。私は冬が心配で、本気で戦争の再開を反対している。途中までは同じだから、今だけデイヴィットの意見に賛成していたの」

オフィーリアとデイヴィットは、一時的に互いを利用していただけだ。

いつかは必ず意見が分かれ、ぶつかり合う。なぜなら……。

「デイヴィットは王族ではない。あの人はザクトリー公爵よ。国のためではなく、自分のために動く。そんな人に全てを任せられるわけがない。次の王は貴方よ、ジョン」

オフィーリアの言葉に、ジョンはしっかり頷いてくれた。

大丈夫、こちらの想いは届いている。

「けれども、この中途半端な状況もよくないわ。アルケイディア国は妖精王リアに守られている強い国だと示さなければならない。私は春を告げると同時に、戦争を再開すべきだとも思っている」

臆病者の王がいる国だと、周辺国に見くびられては困る。できれば戦争なんかしたくない。けれども、戦わなければならないときもあるのだ。

「冬の間に反対派の説得を続ける。この冬は、本当の全面攻勢をするための準備期間にするつもりなの」

そして、春がきたら、クレラーン国との戦争で大勝利を収める。

――実際に春を告げる王はジョンだ。しかし、その土台を作っておくぐらいはしておきたい。

「姉上……」

ジョンは俯き、ぐっと奥歯を嚙みしめた。

「そのような深いお考えがあったことに、今まで気づきませんでした……。僕は、自分の至らなさがとても恥ずかしい……！」

ジョンにとってのオフィーリアは、いつもディヴィットの言いなりになっている弱い女王であった。しかし、ここにきてようやくその考えを改めることができたのだ。

そして、オフィーリアが皆の意見に耳を傾け、その上で国のために最善の道を選び取ろうとしていることに、感銘を受けたのだ。

「僕は心を入れ替えます。王弟として女王陛下を支え、王族の一員としての責務を果たそうと思います」

姉と弟の冷えていた関係に、暖かい光が宿る。

孤独を感じていたオフィーリアにとって、ジョンの宣言はあまりにも嬉しいものだった。

「ありがとう、ジョン」

――そして、この国を頼んだわ。

オフィーリアは、続きの言葉を心の中でそっと呟く。

これで心残りが一つ減った。あとは……。

「女王陛下、シーズ第二大司法卿が面会を希望しております。報告したいことがあると申していますが、いかが致しましょうか」

侍従の声が、扉の向こうから聞こえてきた。

ローガンには、女王殺害未遂事件の調査を任せている。きっとその話だろう。

ジョンはそれならと退出しようとしたけれど、オフィーリアはジョンを引き止めた。

「貴方も同席しなさい」

「わかりました」

ジョンは、オフィーリアの向かい側の席をローガンへ譲るために立ち上がる。

部屋に入ってきたローガンは、ジョンがいることに驚いた。けれども、オフィーリアは気にしないでと笑う。

「社会勉強よ。ジョンは第一王位継承権をもつ王弟だから」

遠回しに、なにかあっても次の王はジョンだと言っておいた。

ローガンは恭しく頭を下げたあと、オフィーリアに書類を渡す。

「調査が終わったもの、開始したもの、これから進めていくものをまとめました。ご確認ください」

オフィーリアは、ローガンの仕事の早さに驚いた。

大司法卿の陰にずっと隠れていたローガンは、かなり有能な人物だったようだ。

「アンの検死が終わったのね」

「はい。まず、飛び降りた場所と時間を確認しました。場所は右翼棟の二階、絵画の廊下の奥の窓のようです。地面に血が飛び散っていましたが、遺体の下になっていたところには血がついていなかったので、殺してから移動させたということは考えにくいでしょう。それから飛び降りた時間についてですが、昨夜の十一時半にアンの姿を見た女官がいます。その後、姿を見た者はなく、アンは朝になってから発見されました。その間に死んだのは間違いありません」

絵画の廊下は、人が激しく行き来する場所ではない。夜になれば、誰もいない時間もあるだろう。

「殺されたかどうかはわかる？」

「遺体の頭部に損傷があったのですが、殴られてから落とされたのか、ただ落ちたのかはわかりませんでした。ですが、窓の位置がかなり高いのに、椅子は置いていなかったのです」

失礼します、とローガンは断りを入れ、立ち上がって「このぐらいです」と自分の喉の辺りを指差す。

「絵画の廊下には甲冑やブロンズ像も置いてありますが、窓の近くにはありません。小柄な女性が自力で這い上がって窓から飛び降りるのなら、かなりの力が必要です」

「這い上がる……」

オフィーリアは、自分だったら足場なしでどうやって窓枠に身体を乗せるかを考えてみた。

「壁に足跡は？」

「ありませんでした。腕の力のみで上がるのは、女性には難しいでしょう。誰かの助けがあれば別ですが」

自殺か他殺か、それを決定づける証拠はない。

しかし、自殺は難しいという状況証拠ならしっかりある。

「自殺を助けた人物がいるという可能性もあるわね。でも、それならもっと飛び降りやすい別の場所を普通は選ぶわ」

――アンは殺された。ならば、ハーブティーに毒を入れたのはやはりアンだ。

「女王陛下用のハーブティーの茶葉と、その管理の方法、触れられる者、それらもまとめてあります」

書類をめくると、茶についての細かな情報が書かれていた。管理方法に決まりがあっても、きちんと守られているかはまた別の話だ。その辺りも調べてもらおう。

「ハーブティーの茶葉に毒物は混入していなかったのね」

「はい。先々日の夜、女王陛下のハーブティーに毒物が混入していたのなら、ハーブティーを入れてからカップやポットに毒物を加えた、もしくはカップやポットにあらかじめ塗っておいたかのどちらかになります。……先々日の夜にお使いになったカップやポットは、既に洗われていましたので、これ以上のことはわかりませんでした」

「厨房(ちゅうぼう)にいた者を特定し、徹底的に調べて」

「承知致しました」

寝る前のハーブティーは、アンがティーカップを選び、アンがハーブを選び、アンが茶を入れていた。アン以外の人には、毒を入れる機会がほとんどなかったはずだ。それでも、まずは小さな可能性を一つ一つ消していこう。

「ハーブティーを運んでいるアンを見た者は三人。すれ違った女官と、執務の間の扉を見張っていた兵士二人です。全員、特に変わった様子はなかったと証言しております」

「アンがハーブティーに毒物を入れたとしたら、その毒物の入手経路は特定できそう？」

「アンの部屋の捜索を進めております。今のところ、毒物は出てきていません」

アンがオフィーリアを殺すつもりでいたのなら、刃物を持って襲った方が早い。毒物の入手は、ただの女官にとってとても大変なことである。

（やはり、アンに毒物を渡した人物がいる）

女王殺害計画にアンはどこまで関わっていたのだろうか。

報酬に目が眩んだのなら金や貴金属が、個人的な恨みによって共犯者になったのなら犯人との細かいやりとりの痕跡が、どこかにあるはずだ。

「近衛兵は、女王陛下の就寝前に必ず部屋の中を見回ります。バルコニーの鍵がかかっていることも、壺の中に人が隠れていないかも確認していました」

「いつもそこまで見てくれているのね」

「はい。あの夜は、近衛隊の六人で部屋の確認をしたあと、オリバー・ステアがその報告を陛下にしています。女官のアンがハーブティーを持っていったのは、彼が出ていってからです。四人の見張りが同じ証言をしています」

近衛隊と見張りの兵士の証言が正しいのであれば、アンが出ていったあと、廊下から国王の六つの部屋に入った者はいない。

そして、バルコニーには鍵がかかっていた。

廊下からも、バルコニーからも、オフィーリアの寝室の間に入った者はいない。

しかし、オフィーリアは首を絞められている。その証拠が首に残っている。

「……一体、どういうことなの」

オフィーリアは呆然とした。

誰が犯人なのかは、調べていけばわかると思っていた。

しかしその前に、犯人がどうやって部屋に入ったのかを考えなければならないようだ。

(これは人間にできることなのかしら……)

犯人の姿が、薄ぼんやりした影のようなものに思えてくる。

鍵をしっかりかけておいても、犯人はあちこちの隙間からするりと侵入できてしまうのだとしたら。

今夜、また襲われる——……という不安を感じたとき、くらりと視界が揺れた。

「姉上!?」

「女王陛下！　誰か、医師を！」

目眩を感じたオフィーリアは、咄嗟に目をつむり、ソファにしがみつく。

明らかに具合が悪くなった様子のオフィーリアを見て、ジョンとローガンが叫んだ。

すぐにオフィーリアは寝室の間のベッドに寝かされ、ウィリスとスザンナが見守る中で医師の診察を受ける。

なにが起きたのかを説明するために、ジョンもローガンも普段は絶対に入れない女王の寝室の間に入り、待機していた。

寝室の間と執務の間を繋ぐ扉の前には、オリバーが念のために立ってくれている。

「二日前のハーブティーに毒が入っていた……⁉」

驚く医師に、オフィーリアは先々日の夜の出来事を説明した。

「ハーブティーを飲んでからしばらくしたあと、息苦しくて目を開けたら、視界がやけに黄色かったの。吐き気もあったわ。目眩も酷かった。……そうね、ハーブティーがやけに苦かった気がする」

それから、とオフィーリアは爪を見せる。

「今は治っているけれど、昨日の私の爪と唇が真っ青だった、と女官が言っていたわね」

医師は慌ててオフィーリアの脈を取る。

「視界が黄色に染まる、呼吸困難、目眩に吐き気、爪や唇が青くなる、苦味を感じた、それから不整脈……！　間違いなくジギタリスの毒です……！」

医師の言葉に、この場にいる者たちが息を呑んだ。

「どうしてもっと早く私を呼ばなかったのですか！　女王陛下、明日は起き上がってはいけません！」

「……明日は犯人捜しを……、いえ、わかったわ」

医師だけではなく、ウィリスもスザンナも、恐ろしい形相でオフィーリアを見ている。

ジョンもローガンも、そうしてくださいと心配そうな顔で頷いていた。

「ジギタリスの毒については、まだ黙っておいて。犯人は今、毒を盛ったことに気づかれていないと油断しているはず。毒殺の証拠を得るためにも、しばらくは知らないふりをすべきよ。……第二大司法卿、ジギタリスの毒を所有する者がいないかどうかを徹底的に調べて」

「春告げる王の御心のままに。……お任せください。必ず見つけ出してみせます」

オフィーリアは、ローガンの力強い言葉に微笑んだ。

「それでは、なにかありましたらすぐにお呼びください」

医師は薬を処方し、それをウィリスに渡す。

スザンナが医師のために扉を開け、丁寧に頭を下げて見送り、扉を静かに閉めた。

「女王陛下、毒というのはもしや……」

振り返ったスザンナは、恐る恐るオフィーリアに確認をする。

「ええ、おそらくアン・セコットが関わっているわ」

オフィーリアの寝る前のハーブティーは、いつもアンが一人で準備して、一人で持ってきていた。アンはそれが許されるほど、スザンナとオフィーリアから信頼されていた。

スザンナは自分の責任だと頭を下げたけれど、オフィーリアは優しく首を横に振る。

「ハーブティーの毒の話は、まだ決定的な証拠がないの。毒を入れたのはアンではなかったかもしれないし、そうだったのかもしれない。疑惑の段階で貴女を責めることなんてできないわ。……それに、もしアンが関わっていたとしても、それはアンの責任よ。彼女が自分の意思で入れたのだから」

スザンナは、庇ってくれる主に、涙ぐみながら頭を再び下げた。

「お茶を入れてもらえるかしら。沢山話したから、喉が渇いてしまって。……私には、貴女がいてくれないと困るのよ。お願いね」

オフィーリアが茶を頼めば、スザンナはご用意しますと言って部屋から出ていく。

すぐに用意された温かい茶は、ハーブティーではなく、ほんのり甘い味だった。また同じことがあっても今度は吐き出せるようにという、スザンナの優しい心遣いだろう。

皆が出ていくと、寝室の間は一気に静かになる。

「さぁ、もう寝ましょう」

いつもなら読書を楽しんでいる時間だけれど、今日は流石に早く寝た方がいいだろう。

枕元の燭台の火を消そうとして……そこで動きを止めた。

「……そうね」

オフィーリアは呼び鈴を鳴らし、しまっておいた物を女官に持ってきてもらう。

「久しぶりね、フェリックス・レヴィン」

小さい頃は、この優しいクリーム色の大きなクマと毎晩一緒に寝ていた。

オフィーリアは、女官の手によってテーブルに置かれたクマのぬいぐるみを抱き上げる。

「かつて夢の中の私を守っていた貴方に、今日から新しい任務を与えます」

ベッドにそっとフェリックスを置き、その額を指でつつく。

「今から貴方が護国卿よ。フェリックス・レヴィン護国卿、私をしっかり守ってね」

デイヴィットよりよほど頼りになるクマに、オフィーリアは微笑んだ。

――ほっとしたそのとき、どこかで扉が閉まる。

バタンという音にどきっとしたあと、そっと息を吐いた。

夜は音がよく響く。今のはかなり遠くの音だろう。不安になる必要はない。

オフィーリアはフェリックスを抱きしめ、大丈夫だと自分に言い聞かせる。少しずつ、気持ちが落ち着いていった。

＊＊

オリバー・ステアは、扉を乱暴に閉めてしまったことを反省する。

この宮殿は、夜になると音が響く。女王の寝室の間に届いていないといいのだが……。

「……ジギタリスの毒」

そう、乱暴になってしまったのは、怒りを覚えているから。

女王のハーブティーに毒を盛ったあの女官が、どうしても許せなかった。

もう死んでいるとわかっていても、この荒ぶる感情は収まらない。自分の手であの女官を滅多刺しにして、少しでも罪を償（つぐな）わせたかった。

「あの女には共犯者がいたはずだ」

ただの女官には、ジギタリスの葉を用意するのは難しいだろう。

共犯者がいるとしたら、おそらく……。

「――そういうことだったのか。……だから私は、神に許された」

頭の中がかっと熱くなった。目の前が真っ赤に染まり、拳が震え、食いしばった歯がぎりぎりと鳴る。

「証拠が……いや、…………ある」

オリバーの独り言はあまりにも小さく、誰の耳にも届かなかった。

三章

一

アルケイディア国の春告げる王の宮殿〝イオランテ〟。

宮殿の左翼棟に作られた舞踏会の間では、華麗な曲が奏でられていた。亡くなったと思われていた女王が無事に快復したので、それを祝う舞踏会が開かれているのだ。

招待客は、舞踏会の間に足を踏み入れた瞬間、光の洪水に圧倒され、瞬きをしながら思わず息を吐き出してしまうだろう。そのぐらい舞踏会の間は広くて眩（まばゆ）い空間である。

正面にある巨大な付け柱を見上げていけば、美しいアーチを描いている天井で目を止めるはずだ。そこには絢爛豪華（けんらんごうか）なシャンデリアが吊（つ）り下げられていて、光をきらきらと放っていた。

ゆっくりと身体（からだ）を右方向へ回転させていけば、一際大きな天蓋付き玉座が見える。その上のアーチには、妖精の像が音楽に合わせて遊んでいたり、羽を休めたりしていた。

そして、これらの妖精のための音楽は、大きなアーチの中に埋め込まれたオルガンから生み出されている。音楽隊は心を弾ませる曲をこの広間へ響かせていた。

最初の曲は、妖精王リアのための円舞曲(ワルツ)と決まっている。

女王オフィーリアと、その王配であるディヴィットが、舞踏会の始まりを告げる優雅なダンスを見せる……はずなのだが、オフィーリアと共に現れたのは、弟のジョンだ。

「私の快復を祝う舞踏会に集まってくれて、本当に嬉(うれ)しいわ」

天蓋付き玉座の前に立つオフィーリアへ、皆が注目した。

ラベンダー色の布地に白のレースを重ねていくドレスは、上品かつ軽やかで、妖精の女王セレーネのようだと言われるオフィーリアによく似合っている。

オフィーリアが右手を持ち上げれば、ジョンはすぐに肘を軽く曲げた。ジョンの腕にそっと手を置いたオフィーリアは、ゆっくり階段を下りていく。

普通は、男性が腕を差し出し、それから女性が手を添えるものだけれど、女王は特別だ。あくまでも主導権は女王にある。

オフィーリアの音楽に合わせた軽やかで優雅な足取りに見惚(みほ)れてしまった貴族たちは、ジョンの婚約者やディヴィットの存在をうっかり忘れてしまった。

「今夜は、堅苦しい挨拶は抜きにしましょう。祝い事だもの。……春告げる王の快復と、妖精王リアに守られしアルケイディアの繁栄を祝って」

オフィーリアが軽く手を上げれば、それが合図となって最初の曲が始まる。これは妖精王リアのための円舞曲だから、妖精のように踊らなくてはならない。

オフィーリアはジョンと共に広間の中央に出てきて、誰もが褒め称える素晴らしいダンスを披露し、妙な噂があくまでも噂であることを証明してみせた。

踊り終われば、皆がオフィーリアに力強い拍手を贈る。

オフィーリアはそれに満足そうに頷いたあと、口を開いた。

「次の曲の主役は貴方たちよ。最後まで楽しんでいってちょうだい」

女王が広間を譲れば、それではと貴族たちが手を取り合って前に出てくる。

オフィーリアは、ジョンに差し出されたワイングラスを手に持ち、ターンの度に花のように広がるドレスの裾を眺めた。

(生き返ってもう三日目……。あと七日しかないのね)

昨日は一日中ベッドの上にいた。大人しく読書でも……と思ったのは朝だけだ。オフィーリアは、大侍従卿ウィリス・ハウエルと書記卿ベネット・モリンズを寝室の間に呼び、女王の快復を祝う舞踏会を開くから準備するようにと命じた。

あまりにも急に決まった舞踏会だったので、王都の屋敷にいる貴族しか招待できなかった。しかし、今回に限っては、女王殺害未遂事件の関係者を見つけるという意図があるので、舞踏会の規模は小さい方がいい。

ちなみに、ジョンの婚約者には、この舞踏会を欠席してもらった。オフィーリアが「遊びすぎはよくないわ」と微笑めば、彼女は「体調を崩したようで……」とすぐに言ってくれた。これで彼女の浮気癖が直ればいいのだけれど、さてどうなるだろうか。

(今夜の目的は二つ。クレラーン国侵攻計画の賛同者を増やすこと。それから……、女王殺害未遂事件に関わった人物を炙り出すこと)

女王殺害未遂事件後、様子が変わった者がいるかもしれない。

——あの人、いつもと違うわね、という声があるのならここで拾っておきたかった。

(そのために、柔らかい印象になるドレスを着てきた)

優しいラベンダー色のドレスに包まれているオフィーリアが微笑めば、誰もがほっとする。この美しい顔は、自然と人の注目を集めることができ、微笑むことで人から好意を持たれるのだ。こうやって存分に活用しないともったいない。

オフィーリアは、魅力的な笑顔を惜しみなく見せつつ、招待客に挨拶をしていった。

「コレット公爵夫人、来てくれて嬉しいわ。……あら、その指輪、最近流行っている工房のものではないかしら。今から頼むと半年は待たされると聞いて、驚いていたところなの。

流石、先見の明があるわね。今度のお茶会でゆっくり話を聞かせてちょうだい」

「ブルグ伯爵夫人、元気そうなお顔でよかった……！　令嬢たちはお元気かしら？　この冬に社交界デビューでしょう？　その際には挨拶をさせてね」

「ジェラスター伯爵令嬢、この間は手紙をありがとう。私を労る気持ちがとても伝わってきて、何度も読み返しているわ。そうそう、手紙に書いてあったあのことだけれど……」

まずは一人ひとり、声をかけていく。

前に会ったときの話や、最近の出来事を踏まえ、いつも気にかけていることが伝わるような会話にする。

最後に必ず細やかな約束事をし、貴女ともっと仲良くしていきたいという意思表示をしておく。

女王から親しくされて喜ばない者はいない。オフィーリアと会話をした者は、誰であっても小さな優越感を抱けてしまうのだ。

「女王陛下、今夜はザクトリー護国卿とご一緒ではありませんのね」

噂好きの貴婦人がディヴィットの話を始めたときは、決まってこう答えた。

「ディヴィットは疲れが出て静養しているの。夜毎に庭を駆け回る妖精のような遊びをしていたせいでしょうね。楽しいのはわかるけれど、どこまで遊ぶのかの見極めもしなければならないわ。これを機に、己の心を見つめ直すそうよ」

「女王陛下の美しさに敵う者はいません。ザクトリー護国卿の妖精の羽を休める場は、女王陛下のところですわ」

きっとこの舞踏会の終わり頃には、デイヴィットの浮気癖があまりにも酷くて女王に叱られてしまった……という話が広まっているだろう。

女王と護国卿の力関係への認識を、全員が改めるはずだ。

「女王陛下を襲った犯人がまだ捕まっていないそうですね。なんと恐ろしい……！」

「皆が一生懸命に犯人を捜しているわ。だから大丈夫よ。……そうね、手を握ってもらえるかしら。貴女から勇気をもらいたいの」

心優しい夫人には、穏やかな微笑みを返し、女王に触れるという滅多にない機会を与えておいた。

そして……、本当の社交はここからだ。

「なんだか浮かない様子。……あちらでゆっくり話をしましょう」

表情が暗い者、悩み事がありそうな者、この舞踏会を楽しめていない者に声をかけ、オフィーリアは「私は貴女の味方よ」と優しく励ます。

「あとで私の部屋にきて。お茶を飲みながら、これからの相談をしたいの」

「美味しいケーキがあるわ。ほら、いらっしゃい」

オフィーリアは、二人きりになることをなによりも大事にした。

閉ざされた空間で優しくされた者は、弱音を吐き出しやすくなる。

——誰にも言わないわ。ここだけの話にしましょうね。

オフィーリアはそう言って相談にきた者を安心させ、話を聞き、優しく何度も頷き、そっと抱きしめて背中をさすった。

泣いた者にはハンカチを差し出した。このために、いつだって十枚ほどのハンカチをこっそりドレスの中に忍ばせているのだ。

(誰にも言えない秘密……。それは私の切り札になる)

今夜はいつもよりも張り切って挨拶回りをしている。けれども、女王殺害計画に関わったと言ってわかりやすく泣き出してくれる者はいなかった。とても残念だけれど、その展開はあまりにも自分にとって都合がよすぎるという自覚はある。

(でも、種は蒔いておいた。あとで二人きりになったときが勝負ね)

音楽とダンス、ワインという程よい興奮が皆に回った頃、オフィーリアはもう一つの目的を果たすために動き出した。

「ジョン、私がなにをしていたのかわかる？」

「……女王なのに、常に自ら話しかけていました」

「そうよ。でも露骨に歩き回っては駄目。気品ある動きや、さり気ない誘導によって、挨拶されているように見せかけないと」

王としての威厳を保ちつつ、話しかけにいく。それはとても難しいことだ。

「ディヴィットは社交界でいつも上手く立ち回っているわ。貴方にとっては女性の私よりも参考になるでしょうから、よく見ておくように。ああ、でもしばらくは社交界に顔を出せないでしょうけれど」

ふふっと馬鹿にするように笑えば、ジョンはあはは……と苦笑した。

「あの……姉上はディヴィットをどうするおつもりですか？　本気で離婚を？」

「離婚したいぐらい嫌いだけれど、この国に必要な人物であることは事実よ。ジョン、ディヴィットを上手く利用しなさい」

ディヴィットから今すぐ護国卿の称号を剝奪してやりたいけれど、自分が生き返っている間だけは護国卿でいてもらわなければならない。その方が色々助かる。

（ディヴィットが謹慎している間に、私の意見をディヴィットの意見だと言って、ザクトリー護国卿派の貴族を私の味方にして……）

やるべきことを頭の中で羅列していると、ジョンがじっとこちらを見ていた。

「姉上はいつから社交界でこんなことをしていたのですか？」

「最初からよ」

「最初……から!?　では、母上から教えられたのですか!?」

「女性は皆、これぐらいのことならできるようにしておくの。社交界のマナーを知ってるでしょう？　女性は、自分からダンスを申し込めない。優雅に微笑んで、相手に誘われるのを待つ……だけだと思わないようにね。希望の相手の視線が自分に向けられるように、友人と話をしながら立つ場所を変え、ターンのあとのひと呼吸を狙って目が合うように調整する。そして相手のダンスが終わった瞬間、ちょうどまた視界へ入るようにする。デビュタントのときにこれができないと、壁の花になってしまうわ」

一度もダンスに誘われないなんて、恥以外のなにものでもない。

社交界に出てくる女性は、妖精のように軽やかに美しく立ち回りながら、お目当ての男性に手を差し伸べてもらうための努力をしているのだ。

「……女性は、大変なんですね」

「そう。だから私はデビュタントの子をいつもそっと助けているの」

オフィーリアは社交界に出てから、ダンスを踊らないまま帰ってしまう女性がいないように気を配っている。

そのことをちらりとデビュタントの娘を連れてきた両親に匂わせれば、必ずオフィーリアは感謝された。そして令嬢は、オフィーリアを姉のように慕ってくれた。

「姉上は常に王族の務めを果たしているのですね」

感心したように息を吐くジョンに、オフィーリアは小さく笑う。

「常に気を張っているわけではないわ。昨夜なんか、とても品のないことをしたもの」

「……姉上がですか⁉」

オフィーリアは、良い反応を見せるジョンへ、昨夜の出来事を話す。

「寝る前にベッドへ寝そべって、そのままクッキーを食べたのよ。はしたないことをするのはどきどきするけれど、楽しいわね」

以前の自分なら、ベッドでそんなことをするなんてと顔を顰めただろう。

しかし、あの頃の自分は死んでしまった。今はもう新しいオフィーリアだ。品がなくてはしたないこともどんどんしていこう。

「その、姉上は、……」

「ジョンにはまだ早かったかしらね。無理に真似しようだなんて思わないで」

「……はい。そうですね、姉上はそのままの姉上で……」

ジョンとしては、姉がどんなことをしたのかと心配したけれど、あまりにも可愛らしすぎるはしたないことだったので、驚いてしまった。どう育てばここまで純粋な心を持つ可愛い貴婦人になれるのだろうか。

「ここからまた、はしたないことをするわよ」

「姉上は好きなだけしてもいいと思います……」

ジョンに背中を押されたオフィーリアは、曲の合間を狙い、広間の中央へ軽やかに躍り出る。最初の狙いはブルグ伯爵だ。ちょうど彼の視界に入るところで立ち止まった。

「今夜は夫がいないから、内緒で楽しむわ。……どなたか、女王のダンスの相手をしてちょうだい！　ただし、奥方や恋人に許可をとってからよ！」

オフィーリアが声を張り上げれば、興味を示した貴族たちがどうしようかと迷い始める。

オフィーリアは相手を探すようにゆっくりと首を動かし、偶然目に止まったというふりをしてブルグ伯爵夫妻に微笑みかけた。

「ブルグ伯爵夫人、貴女の素敵な夫を借りてもいいかしら？」

「ええ、女王陛下の頼みとあらば」

仲の良いブルグ伯爵夫人に声をかければ、ブルグ伯爵が返事をする前に許してくれる。

おいおいという顔のブルグ伯爵は、皆から注目されていることに気づき、断るに断れない状況であることを察し、オフィーリアの前で一礼した。

「春告げる王の手を取る名誉をお与えください」

「許します」

ブルグ伯爵が差し伸べた手に、オフィーリアは自分の手を重ねる。

奥方がいる相手なので、品のあるダンスになるよう意識し、音に合わせて動き始めた。

「ブルグ伯爵夫人はいつも私を助けてくれるわ。今日も優しい言葉をかけてもらえて、本当に嬉しかった」

オフィーリアは踊りながら、まずブルグ伯爵夫人を褒める。愛妻家のブルグ伯爵なら、妻を褒められる方が嬉しいだろう。

そのまま夫人についての話を軽くしたあと、本題に入った。

「……私はクレラーン国への今すぐの全面攻勢に反対よ。貴方はどう？」

「私もです。ご安心ください」

「でも、春がきたら全面攻勢に出るわ。貴方にも参加してもらうつもり」

私と貴方は味方同士だという確認のあと、オフィーリアは意見をするりと変えた。

不意をつかれる形になったブルグ伯爵は、少し考えたあと、遠回しに「賛成できない」と告げる。

「ザクトリー護国卿が反対なさるのでは？」

「しないわ。この場にいないことがその証明よ。目立ちたがりのザクトリー護国卿も、流石（さすが）に遊びすぎたことを自覚して、反省したみたい」

オフィーリアが戴冠したとき、これから国を動かすのは自分だという顔をしていたディヴィット。

ブルグ伯爵は、女王はその陰で微笑（ほほえ）んでいるだけだと思っていたけれど、実はデイヴィットの手綱を握っているのは女王だったのだと考え直した。

「お言葉ですが、女王陛下。戦争は金がかかります。貧しい民がますます苦しんでしまいます。戦争をしなくて済むのなら、そうすべきかと」

「こちらが戦争をしたくないと言っても、周辺国が戦争をしたいと言い出したら、戦争になってしまう。これはとても単純で現実的な話よ」

ブルグ伯爵の手に力がこもった。その通りだと思ってしまったのだ。

「クレラーン国は必ずまた攻め込んでくる。今は国内の事情で弱っているけれど、次に攻め込んでくるときには力をつけているかもしれない。長い冬の終わりが勝負よ。冬の間、クレラーン国の軍は訓練もろくにできない。動きが鈍くなっている春を狙い、短期決戦で、圧倒的な勝利を収める。無駄な戦争をしないためにも、先に勝っておく。これしかないわ」

クレラーン国だって、こちらの事情を知っているだろう。

　国王が代替わりしたあと、戦争をするしないで揉めていることに安堵しているはずだ。

「ぎりぎりまでクレラーン国を騙すわ。貴方も冬の間は反対しているふりをして。短期決戦と圧倒的な勝利、この二つを手に入れるために、春を告げると同時に全ての貴族に同じ決断をしてもらう。ザクトリー護国卿も、貴方もね」

　二人きりで話すということは、それだけ真剣なのだという意味にもなる。

　オフィーリアは、ブルグ伯爵がすぐに決断できないことをわかっていたので、ここであっさり引いた。

「この場で返事をしろとは言わないわ。ゆっくり考えてちょうだい」

　押しすぎると反発される。オフィーリアは曲に合わせてすっと距離を置き、優雅な礼を見せた。それからすぐにブルグ伯爵夫人へ微笑みかけ、ありがとうと言う。

（次はホイルソン男爵よ。上手くリードできてよかったわ。彼はちょうどすぐ横にいる）

　壁の花にならないための技術は、こうやって生かされている。

　オフィーリアは次の獲物と自然に目を合わせ、雪を溶かす春の微笑みを浮かべた。

二

　今夜は女王の快復を祝う舞踏会と言いながらも、オフィーリアにとっては犯人捜しの場やクレラーン国侵攻計画についての根回しの会であった。

　それでも、やるべきことの合間に、素敵な男性と踊ったり会話をしてみたりした。しかし、心がちっとも弾んでくれない。

（十日の間に新しい恋を楽しもうと思ったのに、なぜか楽しくないわ。……これも全部デイヴィットのせいよ！）

　心の中で全ての責任をデイヴィットに押しつけ、近衛隊と共に部屋へ戻る。すると、執務の間の扉の前にデイヴィットが立っていた。

　オリバーが前に出ようとしたのを、オフィーリアは軽く手を上げて制止する。

　わざわざデイヴィットに反応してやる気にはなれなかったので、視線を合わせることなく着替えの間に入ろうとした。しかし、デイヴィットに引き止められてしまう。

「オフィーリア、話をしたいんだ」

「私にはしなければならない話なんてないわ。それでは失礼」

軽くあしらったけれど、デイヴィットは諦めない。

「私は君に譲歩した」

デイヴィットは勝手にオフィーリアの手を取り、両手で握ってくる。

少し前ならときめいただろうけれど、今となっては誰にでもしていることだと逆に冷めた気持ちになってしまった。

「譲歩？　なんのことかわからないわ」

「私は今夜の舞踏会を欠席した。そしてこの先にある寝室の間は私の部屋でもあるのに、入るために君の許可を得ようとしている」

恩着せがましいとはこのことだと、オフィーリアは優しく微笑んだ。

「あらやだ。クソったれの言うことは意味不明ね」

頬に手を当て、可愛らしく首を傾げる。

デイヴィットは、オフィーリアになにを言われたのかを理解できなかったのか、それとも理解を拒否したのか、口を何度も開けたり閉じたりしていた。

オフィーリアの傍にいる近衛兵や扉の見張りの兵士も、オフィーリアとデイヴィットを交互に見て、オフィーリアの発言に動揺していることをわかりやすく伝えてくれる。

「貴方は、譲歩ではなくて反省をしないといけないのではないかしら。反省が足りないのなら、ザクトリー公爵領に向かうための馬車を用意するわよ」

「……私が悪かったよ、オフィーリア」

素直に引いたデイヴィットに、オフィーリアは寛大な心で入室の許可を与えることにした。偉そうにせず大人しく言うことを聞いていたら、こちらも少しだけ譲歩するのだと、ここでしっかり教えてやる。

「貴方がわかってくれて嬉しいわ。気分がいいから、部屋に入ってもいいわよ。ただし、謁見の間のみね」

オフィーリアは入る部屋を変え、廊下を歩き、待合の間に入ってから謁見の間に向かう。デイヴィットのエスコートを断り、一人でソファに座った。

それから呼び鈴を鳴らし、女官に茶を用意させる。ただし、一人分だ。

「招いていない客のお茶の用意はしなくていいから」

女官の前で馬鹿にされても、デイヴィットはなにも言わなかった。おそらく、彼女が出ていったあとに文句を言うのだろう。

静かに扉が閉められてから、デイヴィットは口を開く。

「オフィーリア、君は一体どうしたんだ？　かつての君はもっと……」

「もっと愚かで騙されやすかった?」

「違うよ。私を愛していたはずだ」

さらりと言葉を言い換えられるその頭の回転の速さに、いっそ感心する。

オフィーリアは、ティーカップを音もなく持ち上げた。

「愛していた……」

「そう、私たちは妖精王リアに愛を誓い合った夫婦だ」

「ふふふ、愛ですって。おかしいったら。妖精王リアは人間の本性を曝け出す方がお好みのようだけれど」

オフィーリアが笑うと、デイヴィットがわずかに困惑する。デイヴィットにとってのオフィーリアは、相手を困らせるような受け答えをしない女性だった。

「勘違いしないように教えてあげるけれど……」

オフィーリアは、カップをソーサーに置き、細い指で肩にかかった金色の髪を払う。

「私はたしかに貴方を愛していたわ。でも、その愛は、なにがあっても愛するというほどの深さはなかったの。ただそれだけよ。貴方が愛の深さを見誤っただけ」

単なる事実を突きつけてやれば、デイヴィットは息を吐いた。取り返しのつかない過ちを犯したのだと、ようやく理解したのだろう。

「だから今の私は、もう貴方を愛する気持ちがなくなってしまった。愛の言葉を囁かれても、不愉快のあまりきっと笑い出してしまうわね」

そして、これからなにをしても無駄なのだと宣言しておく。

これでべたべたとまとわりついてくることはなくなるだろう。

「……私が君を変えてしまったのかな？」

「あら、本当に傲慢なのね。自分にそんな力があると思ったの？」

質問に質問を返し、オフィーリアは目を閉じて胸に手を当てる。

「元から私はこうだったのよ。王女らしく、妻らしく、そんな言葉で自分を戒めていた。

……私、寝室に男を入れたわ。ありのままの姿を抱きしめるというのは、とても気持ちのいいことだと知った。これが本当の私だったのね」

新しい護国卿フェリックス・レヴィンのクリーム色の毛並みは最高だ。

誤解させるような言い方をわざと選べば、流石のデイヴィットも戸惑っていた。

(凄いわね、このクソったれ。自分が浮気をするから、人の浮気もすぐに信じたわ)

しかし、これで現実というものを思い知ったはずだ。

「よくわかったよ。自分の置かれている立場が」

「本当？　嬉しいわ、ありがとう」

「今の君には、情よりも目に見える成果の方が誠実に思えるようだ」

デイヴィットは、オフィーリアの愛情を取り戻すための努力を潔く諦めた。

そして、護国卿という地位を剝奪されないように、最も有効的な方法を選ぶ。

「まずは君に信頼を。疑われていることは承知だ。でも、私は君を殺していない」

よくわかっているわね、とオフィーリアは心の中で頷く。

「大聖堂で貴方は笑ったわ。死んでくれてよかったと」

「ジョンが若すぎるこのタイミングで、君が自ら飛び降りたと信じていたから言えた台詞だよ。……君はとても賢い。私が国王になりたいのならどうすべきか、本当はわかっているだろう？」

「愚かで騙しやすい小娘だから、少しもわからないわ」

そう言いながらも、オフィーリアはデイヴィットの主張に納得していた。

（デイヴィットが本気で王冠を奪うと決めたら、まずは——……ジョンを殺す）

悔しいことに、デイヴィットが国王になるためになにをするのかを、言い切れてしまう。

なぜなら、少し前までデイヴィットを愛していて、ずっと見つめていたからだ。

不愉快な事実だけれど、オフィーリアはいつだって冷静で合理的な判断をするデイヴィットのことを『格好いい』と思っていた。

（今は『自分のためになることを絶対に最優先する、情のない最低の男』ね。ある意味、最高にわかりやすいわ。その行動が悲しいぐらい読めてしまう）

オフィーリアは表情を変えないままでいたけれど、デイヴィットはオフィーリアの心の声を聞いたかのように頷いた。

「そう。まずはジョンだ。ジョンを殺してから、君を自殺に見せかけて殺す。この順番にしておけば、誰もが私を次の国王だと認める」

天気の話をするかのように、デイヴィットはジョンを殺すと口にした。

もしかすると、デイヴィットはもうジョンを殺す計画を立てていたのかもしれない。

（……犯人はデイヴィットではない。デイヴィットならもっと確実な方法を選ぶ。……この事件の犯人は、どこか間が抜けているわ。女王が死んだかどうかの確認をするときに、武器を持っていないなんて）

デイヴィットなら、準備不足ということにはならない。オフィーリアの頭を鈍器で殴りつけて、バルコニーから落とし、ミュールを揃えて置いておくだろう。

血のついたシーツを回収し、新しいシーツに取り替え、頭から血を流しているのは落ちたときにできた傷だということにしてしまうはずだ。

一連の証拠隠滅作業を、デイヴィットなら怯まず冷静にできる。

（そもそも、私の寝室の間に一度も入らなかったのも……）

デイヴィットがいつもオフィーリアと一緒に寝ていて、偶然オフィーリアが一人で寝ているときに殺されてしまったら、明らかにデイヴィットが怪しい。

しかし、デイヴィットがいつもオフィーリアの寝室の間にいないのなら、オフィーリアがベッドで死んでいても、真っ先にデイヴィットが疑われるということにはならないはずだ。

（やっぱり、いつかは私を殺そうとしていたわね。そのために寝室の間へ入らなかった）

オフィーリアは、クソったれよりも凄い罵倒の言葉を、今すぐ知りたくてたまらなくなった。

「今、私が君を殺す意味はあまりない。……犯人ではないことを信じてくれたかな？」

「さぁ、どうかしらね」

すました顔でカップを持ち上げると、デイヴィットがにやりと笑う。

「オフィーリア、毒を盛られたばかりなんだから、きちんと毒見役をつけてくれ。君のことが心配で仕方ないよ」

デイヴィットが突然切なげな声で訴えてくる。

オフィーリアは、驚きながらもそれを顔へ出さないようにした。そして、どう答えるべきかを迷う。なんの話だとはぐらかすべきか、それともどうして知っているのかと問いただし、ディヴィットのスパイを宮殿から叩き出すべきか……。

「どうして毒の話を知っているのかって？　君が部屋でゆっくり休んでいるという話を聞いたからさ」

「ただの疲労よ。なぜそんな勘違いを？」

「見舞いの果物を用意したんだ。けれども、大侍従卿に受け取りを一旦断られてしまってね。『医師に確認してみます』と」

大侍従卿の対応は正しい。しかし、正しいからこそ、この男にヒントを与えてしまったのだろう。

「ただの疲労であっても、ただの怪我であっても、見舞いの果物を断ることはない。医師に食べるものを確認しなければならないのは、毒で倒れたときぐらいだ」

本当に頭がよく回る男である。その頭脳を国のために生かしてくれたらいいのに、この男は自分のためにしか生かしてくれない。

「タイミングからすると、クレラーン国に今すぐ全面攻勢をかけたい連中の仕業だろう。……オフィーリア、私が犯人ではないと信じてくれるかな？」

勝利を確信している薄ら笑いが憎々しい。ほんのり甘いこの茶をその顔に叩きつけてやりたくなる。

（人の神経を逆撫でするのが本当にお上手だこと）

今まで散々この男に利用されてきた。だから今度はこのわかりやすい男を散々利用してから死んでやろうと開き直る。

「毒を盛ったのは女官のアンよ。もう共犯者に殺されているけれど」

「……なんだって!?」

「共犯者は私を自殺に見せかけようとして、バルコニーから投げ捨てた。……貴方がその共犯者ではない証明は……そうね、犯人を連れてきたら証明になるでしょうね」

オフィーリアは足を組み、茶を飲んだ。行儀が悪いことをすると、悪女になった気分になり、どきどきする。

そんなオフィーリアの気持ちに気づかないまま、デイヴィットは立ち上がった。

女王が座っているときに立ち上がるのはマナー違反だ。顔を顰めると、デイヴィットは恭しくオフィーリアの足下に跪き、右手を心臓に当てる。

「春告げる王よ、貴女に手をかけた罪人を必ず引きずり出してみせましょう」

愛を取り戻すのが難しいのなら、役立つところを見せ、自分を手放せないようにする。

デイヴィットの新しい戦略に、己にそこまでの自信があるなんて凄いわねと呆れつつも、ありがたいと思っていた。なぜ王家にこの男が生まれなかったのかと嘆きたくなるぐらいには、本当に能力が高い男なのだ。

「話はこれで終わりよ。出ていって」

デイヴィットは、そっけない言葉に気分を害した様子を見せることなく、あっさり出ていった。

デイヴィットが国王の部屋から出ると、扉の横にジョンがいた。

すまないねと声をかけてこの場を離れようとしたのだけれど、ジョンがため息をついて「行こう」と言う。

どうやらジョンは、オフィーリアではなくデイヴィットに用があったらしい。

「デイヴィット、しばらくは姉上を刺激しないようにした方がいい」

「私を心配してくれたのかい？」

「どちらも心配しているんだよ。姉上が怒ったら怖い。手も出る」

「……たしかに」

デイヴィットは、大聖堂で味わったオフィーリアの平手打ちを思い出す。あれはいい音がした。

「デイヴィットは元の優しい姉上に戻ってほしいのかもしれないけれど、それはもう諦めて、護国卿としての務めを果たすことに専念して……」

ジョンの「元の優しい姉上に戻ってほしい」という言葉が、デイヴィットの心のどこかに引っかかる。

——愚かで騙しやすい、健気で優しいオフィーリア。

かつての自分は、美しいだけの彼女にちっとも興味がわかなかった。なぜなら、美しいだけの女性ならいくらでも手に入るからだ。それでも彼女と結婚したのは、権力を握るためであった。

——今のオフィーリアは、以前と全く違う。冷たい炎を燃やして生きている。

デイヴィットを見限り、虫けらのように扱い、他の男と通じた。

いつだって自分より下に見ていた女が、気づいたら遥か高みにいて、こちらを一度だって見ず、反対に自分が常に見上げて気にしている。機嫌を取ろうとしている。

「いや、オフィーリアはこのままでいいよ」

憎しみすらこもっていない、あの冷酷な瞳を向けられるとぞくぞくした。

なんとしてでももう一度手に入れなければならないという気持ちになる。

彼女は最高の女性だ。この世界で最も手に入れがたい、至高の宝玉である。

このアルケイディア国に、デイヴィットと対等に話せる女性は、これまでいなかった。

オフィーリアが唯一対等の……いや、気分がよければ相手をしてやってもいいと上から見てくる女性は、生き返ったオフィーリアしかいない。

（頭がおかしくなったのかと思ったけれど、もうそれでもいい）

彼女の前に立つと、一つのミスも許されない死の遊戯をしている気持ちになる。楽しくて仕方ない。

「あんなに良い女であることを隠していただなんて、オフィーリアは随分と策士だ」

生き生きしているデイヴィットに、ジョンはため息をつく。

それは、姉の気持ちもデイヴィットの気持ちもわからないという、呆れ混じりの思いを込めたものだった。

三

四日目、オフィーリアは国王としての仕事をしつつ、その合間に貴婦人との昼食会や茶会で犯人に繋がるような情報を集めていた。

仕事が終わったあと、晩餐の時間まで少しあったので、ソファでだらしなく休もうと思いながら執務の間に戻る。やれやれとソファに座った途端、女官からデイヴィットがきていることを告げられた。

「オフィーリア、第二大司法卿と共に色々調べてきたよ」

デイヴィットは、無駄なことをする男ではない。今回の事件を徹底的に調べるためには、作業を分担した方がいいと判断し、ローガンと打ち合わせをしてきたようだ。

(デイヴィットを無視しろと第二大司法卿に言っておかなかった私のミスね)

自分を叱りつつ、オフィーリアは女官を呼んで二人分の茶を入れてもらう。

デイヴィットは、私はミルクが必要だから覚えておいてと女官に言っていた。覚えなくてもいいとあとで言っておこう。

「まずは女官のアン・セコットから。女官たちからアンの話を聞いてみたところ、病気の母親という気になる言葉が出てきた。あと、かなりの借金があったみたいだ」

「病気の母親はともかく、借金……？　セコット伯爵にそんな話はなかったはずよ」

王家は、身の回りの世話をする女官や侍従の実家の調査を、定期的に行っている。それに加え、オフィーリアは貴族の噂話に詳しい。どちらにも引っかからないなんてこと、本当にあるのだろうか。

「病気の母親については、暗い顔になっていたアンを心配した女官が、大丈夫かと聞いたときに教えてもらったらしい。借金の方はよくある話だから、私が念のために調べてみた。そうしたら見事に予想が当たったのさ」

デイヴィットはまず、アンがオフィーリアからの下賜品を持っているかどうかを女官たちに尋ねた。アンはオフィーリアにとても可愛がられていた女官だから、立派な宝石の一つや二つぐらいもらっているはずである。

女官たちは予想通りに「ある」と答え、どういうものだったかを説明してくれた。しかし、アンの遺品にその宝石がなかったのだ。

「君からもらった大事な宝石を、そう簡単に誰かへ譲るはずがない。つまり、それだけ金に困っていたということだ。アンの借金なのか、セコット伯爵家の借金なのかは、第二大司法卿が調べてくれることになったよ」

「そう。第二大司法卿なら安心して任せられるわね。……それにしても、貴方は随分女官と親しいみたい。知らなかったわ」

さらりと嫌味を述べれば、痛くも痒くもないという笑顔が返ってくる。

「妻を支えてくれている頼りになる女性たちへ、普段からありがとうと感謝するのは当然のことだ」

この節操のなさは、いつかその身を滅ぼすだろう。いや、そうなってほしい。

「……アンはどうして借金の相談を私にしなかったのかしら」

「女王陛下からの下賜品を売るぐらいだよ。大きな不祥事が潜んでいるのかもしれないね。第二大司法卿の調査結果が楽しみだ」

悪趣味なことを言うデイヴィットに、オフィーリアはわざとらしいため息をついた。

「借金という事情がアンにあったのなら、毒を盛った理由はいくらでも想像できるわ」

「そう。それに、犯人像も少し見えてきた。私たちの耳に、アンやセコット伯爵が金に困っている、という話が入ってこなかったからね。おそらく誰かが庇っていたんだ」

アンは金に困っていることを嗅ぎつけられ、犯人から金と引き換えに毒を盛れと命じられた。いや、もう少し前から始まっていたのかもしれない。金に困るよう、罠を仕掛けられていたとしたら……。

(そうであったとしても、どうしてアンは……。いいえ、……もしかしたら)

オフィーリアは、ジギタリスの毒ですぐに死んだわけではなかった。いや、苦しんでいたから、結局は死んでいたかもしれないけれど、でもアンがほんの少しだけ毒の量を減らしていたのかもしれない。

(そういうことにしましょう)

オフィーリアは、犯人を見つけたいという強い気持ちによって立っている。しかし、立つことができていても、信頼していた女官に裏切られたという事実は、あまりにも悲しかった。

彼女にはなんらかの事情があり、そしてオフィーリアを本気で殺すつもりはなかった。それでいいのだ。

「それから、あの夜の警備報告書に気になる点があった。あの夜は、酔っ払いが王宮の近くでかなり騒いだらしく、その対応のためにガーデンテラスの警備兵のうちの三人が一時的に持ち場を離れていたんだよ」

「よくあることなの？」

「時々だけれど、不審者未満の者が宮殿の柵の向こうでうろうろすることはあるね。そのときは、二人一組になっている警備兵の片方だけが様子を見に行くことになっている」

警備兵を一人ずつ配置すると、なにかあったときに警備に穴を開けてしまう。だから二人一組にして、どんなときでも持ち場を離れることのないようにしているのだ。

「たしかに気になるけれど、そこまで問題にすることでも……」

「あるんだよ。一人ということは……オフィーリア、あっちを向いて」

デイヴィットに右方向を指差され、オフィーリアは視線を右に向ける。すると、頬にふわりとなにかが触れた。

はっとして視線を戻せば、デイヴィットがとろけるような微笑みを浮かべている。

「っ⁉」

──このクソったれ！　勝手にキスしたわね！

睨みつけると、デイヴィットは平手打ちの範囲外にさっと身を引いた。

「一人だと、こうやって死角ができてしまうのさ」

オフィーリアは、黙ってハンカチを取り出す。わざとらしく頬を拭った。

「つまり、上手くやれば、目撃されることなくバルコニーの下に辿り着けるはずだ」

「上手くやれば、でしょう？　警備兵の配置なんて部外者には……」

「大司馬卿ランドルフ・ウッドヴィル」

王国軍の司令官は、クレラーン国への全面攻勢を主張しているウッドヴィル大司馬卿だ。彼なら宮殿の警備計画書をいくらでも見ることができる。おまけに、クレラーン国への侵攻再開の件で、オフィーリアとランドルフはここ最近ずっと対立していた。ランドルフには、オフィーリアを殺す動機があるのだ。

「ランドルフ・ウッドヴィルは、元はウッドヴィル前侯爵の次男で、軍にいた人だ。兄が戦場で死んだため、ウッドヴィル侯爵家を継ぐことになった。犯行は本人の仕業ではないかもしれないけれど、本人だってやろうと思えばバルコニーによじ登るぐらいはできるだろう」

ランドルフなら、その力でセコット伯爵の借金を誤魔化すこともできるかもしれない。一気に有力な犯人候補として躍り出てきた。

「大司馬卿の身辺調査が必要ね。アンと接触したかどうか、そこさえはっきりしたら犯人はほぼ決まりよ」

そう言いながらも、オフィーリアは少し納得のいかないところがあった。

「犯人が決まりそうなのに、浮かない顔だね。大司馬卿に裏切られたことが辛かった？」

「あれだけ敵対しておきながら、裏切られたと思う方がおかしいわ。……問題は、寝室の間のバルコニーの扉に鍵がかかっていたというところよ。近衛隊が部屋の中を確認しているから、鍵がかかっていたのは間違いないわ」

「壊して付け直し……冗談だよ。なるほど、犯人の侵入経路がはっきりしていないのか」

犯人がバルコニーから入ってきたのなら、鍵という問題が出てくる。

扉から入ったのなら、どうやって見張りの目を盗んだのかという問題が出てくる。

「侵入経路が扉からなら……オリバー・ステアが怪しい」

「オリバーが？　私を守ることはあっても、傷つけることはないわよ」

「オフィーリア、この世の中は、必然性がある殺人ばかりではないんだよ」

デイヴィットから諭すように言われたオフィーリアは、その言い方に苛ついてしまう。

「あの男は忠誠心あふれる近衛隊長だけれど、男としてはどうだろうか。男としてオフィーリアを愛していて、それ故につい殺してしまったという可能性は充分にある」

〝つい〟で殺されるという雑な考え方に、オフィーリアは呆れた。

「オフィーリア、君が……そうだな、私が浮気したときに、私と相手の女性のどちらに対して憎しみを持つ？」

「貴方よ。どうして早く貴方を捨てなかったのかしらと深く反省するわ」

「ああ、私の例えが不適切だったようだ。……あ〜、一般的に、女性は夫の浮気相手を憎む。私の夫によくも手を出してくれたな、と」

デイヴィットの言いたいことが、なんとなくわかってきた。

妻がいるとわかっている男に手を出した女性が悪い、という考え方は、オフィーリアにもあるからだ。

「男は違うんだ。裏切られたら女に憎しみを向ける。なぜなら……自分より下だから。自分より下の存在に馬鹿にされると、かっとなって手を出すこともあるだろう。まあ、浮気の現場にいるときは、両方にかっとなるだろうけれどね」

　女は浮気相手の女を憎み、男は浮気した女を憎む。

　デイヴィットの主張は理解できたのだが……。

「私はオリバーの女ではないのよ」

「似たようなものだ。オリバーの理想の女性だろうからね。気高く美しい妖精の女王。どうして振り向いてくれないのだろう……。もし君への想いに耐えきれなくなったオリバーが刃を向けるのなら、その標的は私ではなく君だよ。なぜなら、君が弱い存在だからね。自分より弱い者が自分を無視し続けるんだ。我慢もできなくなるさ」

　オリバーについては、一応デイヴィットの話も参考にしておこう。人を見る目というものが、彼には備わっている。

「言っておくけれど、オリバーは私と貴方の両方を殺すのではないかしら？　舞踏会があった夜、貴方に腕を掴まれたときに、オリバーが殺しそうな目で貴方を見ていたわよ」

「まあね。私が殺されたら、犯人はオリバーで間違いない。君がしっかり証言してくれ」

「そのときは大司法卿に調査を任せるわ。見落としがないことを祈っていなさい」

　話はこれで終わりだ。さっさと出ていけと手で払って示すと、デイヴィットはその手を恭しく取ってキスをしてきたので、オフィーリアはまた苛立ってしまった。

四

五日目の朝、オフィーリアの周囲は、いつもと少しだけ様子が違った。

朝の挨拶と部屋の点検をしにきた近衛兵の中に、オリバーがいなかったのだ。

「オリバーはどうしたの？」

代わりに朝の挨拶をしてきた副隊長に尋ねれば、オリバーは宮殿内の教会にいるという答えが返ってきた。

「隊長は、祈りたいことがあると言っていました」

「祈りたいこと……？」

あの男は、神よりもオフィーリアを信仰しているように見えた。それでも一応、神を信じ、頼っていたらしい。

「あ、隊長！」

ちょうどそのとき、オリバーが近衛隊に合流し、点検作業に加わる。オリバーはオフィーリアと目が合うと、丁寧に頭を下げた。

「……オリバー、なにか悩みでもあるのかしら？」

オフィーリアが声をかければ、オリバーはふっと笑う。

「女王陛下をお守りくださるよう、神に祈りを捧げてきました」

この言葉は、忠誠心あふれる近衛隊長として、満点をつけることができる。しかし、オリバーの仄暗い瞳には、決意の炎が燃え盛っていた。


「オリバー・ステア？　真面目で良い人に見えるよ」

オフィーリアは、ジョンにオリバーがどう見えているのかを尋ねてみた。

予想通り、親しいわけではないけれど、悪印象を持ってもいないという答えだ。

「そうね。職務に忠実だと私も思うわ」

「……オリバーがなにか？　もしかして、姉上の殺害未遂事件に関わっているとか？」

「事件については疑っていないの。私を守ることがオリバーの仕事だから」

オリバーは、オフィーリアを死なせてしまったことを激しく後悔し、泣いて詫びてくるぐらい真面目な近衛だ。今オフィーリアが悩んでいるのは、そこではなくて……。

「どう表現したらいいのかしら。仕事を怠けるような人であれば、厳しい言葉を選べるのだけれど」

「厳しい？　例えば？」

「〝気持ち悪い〟」

女官たちにオリバーの評判を聞いても、近衛兵たちにオリバーの評判を聞いても、こうして弟に評判を聞いてみても、「立派な近衛隊長だ」と言われてしまう。それがわかっているので、オフィーリアは今まで誰にも相談してこなかった。

「あの人、私が触れていたところを、あとで触ったりするのよ」

「……えーっと」

「人の温もりが残っているテーブルや椅子を、積極的に触りたいと思う？」

被害は特にないけれど、なんとなく嫌という気持ちが残る行為だ。

「それはきっと、行き過ぎた敬愛だよ」

「ええそうね。行き過ぎた気持ち悪い敬愛だわ」

「そこまで言わなくても……」

こうして誰かにオリバーのなんとなく気持ち悪い行動の話をしても、オリバーはやはり庇われる。そして、オフィーリアは理解してやれと言われてしまうのだ。

（そもそも、オリバーは私のどこが好きなの？　デイヴィットに恋した愚かな女だと思わ

ないのかしら。……やっぱり、顔だけを見ていそうね）

妖精の女王セレーネのようだと言われるこの顔は美しくて上品で、微笑めばとても優しそうに見えるだろう。しかし、それは全て外見の話だ。心が美しく上品で優しいわけではない。オフィーリアは人から協力を得るために美しい顔を利用するし、ディヴィットに近づく女性へ嫉妬して牽制に使ったこともあるし……、自分のことは、自分が一番よく知っている。

「いいこと、ジョン。女性はね、想いを寄せていない男からの愛なんて、本当にただ迷惑なだけ。嬉しいと思わないわ。どんな愛でも嬉しいという女性もどこかにはいるでしょうけれど、基本的にはそうなのよ」

「でも……」

「嬉しそうにしていても、それは社交辞令。あとで貴婦人の茶会で陰口を叩かれたくなかったら、余計なことを言わない方がいいわ」

オフィーリアが右手を握ったり開いたりして、準備運動のようなものをすると、ジョンがぴんと背筋を伸ばした。

「承知しました！」

「良い返事ね。……それで、頼んだものはどこまで進んでいるの？」

「宮殿に配置されていた近衛兵と警備兵の聴き取り調査が終わりました」

ジョンは軍に所属している。軍には、誰がいつどこにいたのかという記録が比較的よく残っているため、捜査が思っていたより早く進んだようだ。

「配置されていた近衛兵と警備兵以外の兵士は、宮殿内で目撃されていませんでした」

「貴方(あなた)だったら、目撃されずに宮殿内を歩ける？」

「かなり難しいです。要所要所に見張りの兵士がいて、更に巡回の兵士もいますから」

「見張りの兵士の場所は気をつければわかるし、巡回のタイミングを見計らえば、見つからずに歩けそうだけれど……」

「巡回は、そろそろ行くかと誰かが言い出して動くという形式になっています。時間きっちりに動く方が、逆に危ないですから」

ジョンの言葉に納得しつつ、オフィーリアはため息をついた。

「軍としては、あの夜に明らかな不審者はいなかったということね」

「はい。第二大司法卿による女官と侍従の調査はどうなりましたか？」

「不審な動きをしていた者はいないらしいわ。そろそろ、調べることが減ってきたわね」

徹底的に調べたらなにかわかると思っていたけれど、手がかりはすんなり出てきてくれない。犯人はかなり手強(てごわ)い人物のようだ。

夜になると、デイヴィットが追加報告を持ってきてくれた。

アンとセコット伯爵の噂話を集めるように頼んでおいたけれど、どうなっただろうか。

「セコット伯爵家は、バトラー侯爵家と長い付き合いがあるようだ」

「そこまで親しいようには見えなかったわ」

「私もだよ」

社交界の妖精の女王と呼ばれるオフィーリアと、社交界の貴公子であったデイヴィット。

この二人の観察眼でも見逃してしまう関係があったらしい。

「とはいっても、会えば挨拶をするというそれだけの関係なんだけれどね。領地が近いこともあって、社交界シーズンにバトラー侯爵家でなにか人を招くような集まりがあるときには、セコット伯爵は必ず呼ばれていたようだ。……で、セコット伯爵も必ず出席している」

「なんとも言えない関係ね」

おそらく、先代同士はそこそこの付き合いがあったのだろう。しかし、当主が変わってしまったため、個人的な付き合いはなくなり、しかし先代が仲良くしていたから……という理由で招待や挨拶だけはしていたようだ。

「セコット伯爵は中立派に見えても、どちらかと言えばバトラー第二大蔵卿派だろう。私たちは、ウッドヴィル大司馬卿がセコット伯爵やアンに近づいたのでは……と考えたのだけれど、派閥が違うのなら近づくだけでも警戒される。おまけに、別の方向からも近づいたことはなさそうだとわかってしまったし」

「別の方向？」

「セコット伯爵領からこの王都にあるウッドヴィル邸まで、かなり距離がある。行き来するのなら、それなりの準備をしなければならない。君が戴冠してから今日に至るまで、王都のウッドヴィル邸の使用人たちは、長旅の準備を一度もさせられていなかった」

旅には準備というものが必要だ。今から出発しますと言ってできるものではない。

ウッドヴィル邸の使用人たちは、主人の人間関係を嗅ぎ回られたら流石に警戒してなにも話さないだろうけれど、長旅の準備をしたかどうかを尋ねられたら、うっかり答えてしまう者もいるだろう。

「金を握らせておいた無関係の者が行き来していたという可能性は？」

「大司馬卿が目論んでいるのは女王殺害計画だよ。その無関係の者が金をもったまま逃げたら困る」

女王殺害計画を知られたら、処刑以外の結末はなくなる。たしかに、信頼できる者にしか任せられない。

「バトラー第二大蔵卿とウッドヴィル大司馬卿の共犯……というのも考えたけれど、これぱかりは絶対に違うだろうしね。あの二人は、同じ目的をもっていても、絶対に協力できないぐらい仲が悪い」

デイヴィットの言葉に、オフィーリアも同意した。

あの二人の仲の悪さは有名だ。クレラーン国への全面攻勢をマシューも望んでいるのに、クレラーン国に勝利すると軍の最高責任者であるランドルフの手柄になってしまうので、表向きはどうしても賛成できないでいる。

「ランドルフ・ウッドヴィル大司馬卿は警備計画書を手に入れられる。でも、セコット伯爵やアンに近づいていなかった。……とりあえず、容疑者が一人減ったことを喜びましょう。最後まで残った者が犯人だもの」

オフィーリアの前向きな言葉に、デイヴィットはその通りだと言った。

「調べていることは他にもあるけれど、今はっきりしているのはこれぐらいかな。……バルコニーの鍵の問題はどうだい？」

オフィーリアの部屋にどうやって犯人が入ったのか。

この謎は、まだ謎のままだ。

「鍵は私と大侍従卿が管理している二つだけ。鍵穴は内側にある。犯人が鍵を手に入れたとしても、外から開けられない。なのに、犯人は部屋の中に入ってきた。……色々試してみたけれど、鍵をかけてしまえば、どうやっても外側からは開けられなかったわ」

「君は王になってまだ日が浅いし、そもそも予定外の戴冠だった。実はごく少人数の者にだけ伝えられている抜け道があったりしない？」

「……それは、あるかもしれないわ。お兄様なら知っていたかもしれない」

一応、オフィーリアもそのことを考え、部屋を調べてみたのだ。

しかし、それらしいものは一つも発見できず、疲れだけが残ってしまった。

「でも、それなら逆に鍵を壊せばよくないかしら。鍵を壊してしまえば、外から入ってきたように見える。秘密の通路を知っている人なんて、本当に限られているだろうから、使ったことを知られたくないはずよ」

「たしかに、それもそうか」

「女王殺害計画は、慎重に作られているように見えて、どこかが雑な気がするわ。自殺に見せかけようとしたくせに、首を絞めてしまっているし……」

オフィーリアが自殺で処理されかけたのは、犯人にとって都合がよかっただろう。予定外の素晴らしい連携をしないでほしい。

「そもそもなんで自殺に見せかけようとしたのかしら」

「犯人捜しが行われないからだろう？」

「別の誰かを犯人に思わせる方が楽な気がしてきたのよ」

「それはそれで大変だと思うけれど……うん、どちらがいいのかな？」

自殺に見せかけるか。それとも別人による他殺に見せかけるか。

自分だったらどちらを選ぶだろうか。

「私なら、より疑われない方を状況次第で……」

オフィーリアが相手との関係によって変わりそうだと言いかけたとき、侍従の声が扉の向こうから聞こえてきた。

「女王陛下、失礼します。シーズ第二大司法卿とステア近衛隊長が面会を求めております。いかが致しますか？」

「謁見の間に通して。……デイヴィット、貴方は自分の屋敷に戻りなさい」

いつもなら、どんなときでもデイヴィットの同席を許していたけれど、もうそんなことはさせない。

オフィーリアが軽く手でデイヴィットを払えば、デイヴィットは肩をすくめた。

「オリバーに殺されたくないから、今回は遠慮させてもらうよ」

この冗談は、冗談にならない。オフィーリアはそうしてとため息をついた。

「待たせたわね。緊急の用事を持ってきたのはどちらかしら?」

オフィーリアがデイヴィットと共に謁見の間に姿を現せば、立ったまま待っていたローガンが目を見開く。呼び出しておいてなぜ驚くのかと思っていたら、険しい顔のオリバーが剣を抜いた。

「オリバー!?」

「女王陛下! お下がりください!」

なにがどうなっているのか、オフィーリアにはちっともわからない。

混乱していると、オリバーがオフィーリアの前に出て、デイヴィットに剣先を向けた。

「副隊長! どうしてザクトリー護国卿(ごこくきょう)を部屋に通した!? 絶対に入れるなと言っておいたはずだ!」

オリバーの叫びが、オフィーリアの頭を痛ませる。

たしかにオフィーリアは、デイヴィットを部屋に入れるなと命じたけれど、それは自分がいないときの話だ。

「やめなさい! 私が入ってもいいと許可を出したのよ!」

オフィーリアが庇いたくもないデイヴィットを庇えば、ローガンが慌てて口を開いた。

「ザクトリー護国卿には、女王陛下殺害未遂事件に関わったという容疑がかけられております」

ローガンは、オリバーがデイヴィットに剣を向けた理由を説明してくれた。ローガンの声からは、説明をしながらも「まさか」という想いが滲み出ている。

「……デイヴィットに動機があったとしても、証拠がないわ」

デイヴィットは護国卿で、王に次ぐ地位を持つ。疑いだけで拘束することはできない。

そのことはローガンもオリバーもわかっているはずだ。

「女王陛下、我々はザクトリー護国卿についての話をしにきたのです。……ザクトリー護国卿、どうかそのまま動かないで頂きたい」

ローガンが「まずは話を」という姿勢を見せたことで、デイヴィットもとりあえず話を聞くことにしたようだ。しかし、オリバーに向けるデイヴィットの視線はとても鋭い。

「私は……見てしまったのです」

話を始めたのはオリバーだ。オリバーはオフィーリアをじっと見つめた。

「そのときはなにも思いませんでした。しかし、あとから恐ろしいものを目撃したのだと気づいたのです」

オリバーはお許しください、とオフィーリアに謝罪する。

「女王陛下にお伝えするのが遅くなってしまったのは、迷いがあったからです。陛下の瞳を曇らせたくなかった……。だから神に問いかけました」

固く握られたオリバーの手が震えていた。迷いとはなんだろうか。

「——神は、真実を明らかにせよ、と私に告げたのです」

オリバーは、こんなときだというのに、目が笑っている。

オフィーリアの背筋がぞくりと震えた。

「女王陛下が襲われたあの夜、ザクトリー護国卿と女官のアン・セコットが二人きりで話をしているところを、私は目撃しました」

オリバーの告白を聞いたデイヴィットは、嫌そうな顔をする。

「私は女官と少しお喋りをしただけだ。妻と仲良くなりたいから色々聞かせてほしいとね。そうか、彼女はアンという名前なのか」

デイヴィットは、絶対にアンの名前と顔が一致していただろうけれど、白々しいことを言い出した。

オフィーリアは、この嘘つきと叫びたかったけれど、話が脇に逸れそうなので我慢する。

たしかに、デイヴィットにはオフィーリアを殺す動機がある。しかし、王の地位を確実に手に入れたいのなら、まずはジョンを殺さなければならない。オフィーリアはその次だ。この順番を間違える人ではない。

「アンは女王付きの女官だから、女王の夫が女王付きの女官と話をしていても、そこまで不自然なことではないわ」

不自然ではないが、絶対に下心はあっただろう。

——その下心は、いつかオフィーリアを殺すときに利用できるかどうかというもので間違いない。

「女王陛下、私もステア近衛隊長からその話を聞いたとき、ただ会話をしているだけでは証拠にならず、疑惑にもならないと答えました。ですが、話を聞いたからには、念のためにアンの荷物を調べ直すべきだとも思いました」

ローガンに「アンについて徹底的に調べろ」と命じたのは、オフィーリアである。ローガンの行動は間違っていない。

「最初の調査のときに、見落としがあったようです。アンのボタン入れの中に……ザクトリー護国卿のカフリンクスがありました。しかも家紋入りの」

家紋入りのカフリンクスを渡すということは、家を含めた付き合いをしたいという意味になる。つまり、デイヴィットとアンは、結婚を望む恋人同士だったということになってしまうのだ。

「……デイヴィット？」

オフィーリアが低い声で名を呼べば、デイヴィットは慌てて首を横に振った。

「いや！　そんなことはない！　アンとは少し話をしただけだ！　絶対に恋人同士という関係ではない！　私にはオフィーリアという妻がいるのだから……！」

言い訳がこれほど嘘くさく聞こえるのも凄いわね、とオフィーリアは呆れた。

ローガンは呆れるオフィーリアに、白いハンカチに包まれているものを差し出す。

「アンが偶然にも落ちていたザクトリー護国卿のカフリンクスを拾ったとします。紋章から持ち主がすぐにわかりますし、渡しにいくでしょう。ちょうどいいとこっそり売るつもりだったのなら、すぐに換金するはずです。持ち続けるはずがありません」

ローガンは白いハンカチを広げ、カフリンクスをオフィーリアに見せた。

オフィーリアは、そのカフリンクスに見覚えがあった。そしてデイヴィットも同じだったのだろう。どうして……という顔になっている。

「たしかにこれは私のカフリンクスだ。……で、このカフリンクス一つで私を罪に問おうとするのかい？　彼女が死ぬ直前に拾ったもので、返すことができなかっただけかもしれないよ。それともなにか？　愛の言葉を綴った手紙が山ほど出てきたとでも？」

そんなものはないだろうと、デイヴィットは勝利を確信した笑みを浮かべる。きっと今、先走ったオリバーとローガンにどう報復してやろうかと考えているのだろう。

しかし、ローガンは脅しに近い言葉に怯むことなく、淡々と新たな事実を述べる。

「……ザクトリー護国卿の部屋の時計の裏側から、ジギタリスの葉を乾燥させたものが出てきました」

それはあまりにも衝撃的な言葉だった。オフィーリアは言葉を失う。

デイヴィットのよく動く舌も固まってしまった。

「女王陛下、アンはハーブティーにジギタリスの毒を入れました。アンと秘密の恋人であったザクトリー護国卿は、事件が発生した夜にアンと二人きりで話をしていました。ザクトリー護国卿はジギタリスの毒を宮殿に持ち込んでいました。これは『疑いがある』と言えるはずです。……どうかご命令を」

たしかにこれは『疑いがある』だ。

アンの秘密の恋人という証拠がある。そして、アン一人では毒を用意できない。デイヴィットなら用意できる。

(——このっ……！　私かジョンを殺すときのための毒を持っているからこうなるのよ！　自業自得だわ！　こんなときに余計な騒動を引き起こすなんて……！)

オフィーリアは、適切な罵倒の言葉が出てこなかった。クソったれより凄い言葉を、誰でもいいから今すぐ教えてほしい。

「違う！　私は宮殿に毒物を持ち込んでなんかいない！　カフリンクスだって落としたのは随分と前のことだ！」

デイヴィットの必死の形相に、オフィーリアはまさかと息を呑む。

(たしかに、デイヴィットなら調べられたらすぐにわかるような場所へ毒を隠すようなことはしない。あまりにも迂闊すぎる)

だとしたら、これは……。

──オリバー!?　貴方なの!?

今朝、オリバーは教会で神に祈っていた。彼はオフィーリアを守りたいという願いを、こういう形で叶えようとしているのかもしれない。

デイヴィットはきっと、オリバーに嵌められたのだ。

(デイヴィットが女王殺害未遂事件の犯人だ、と言えるような決定的な証拠はまだない。今は女王権限で庇ってやる段階ではないわね)

力業で抵抗するよりも、いっそ詳しい調査によってデイヴィットの潔白を証明する方がいいだろう。

「これから、ザクトリー護国卿の取調べを徹底的に行いなさい。部屋の捜索をもう一度して。邪魔されないよう、ザクトリー護国卿にはしばらく見張り付きの部屋にいてもらいましょう」

監禁しろという女王の命令に、オリバーは勝利を確信した顔になる。

「ザクトリー護国卿、女王陛下のご命令です。どうかこちらへ」

「……わかった。従おう」

デイヴィットは、オリバーを視線だけで殺せそうなほど睨みつけている。

見えない火花を散らし合う男たちが出ていったあと、オフィーリアはソファに力なく座った。

今は五日目の夜だ。この命は残り半分になっている。

犯人を知りたいという願いがまだ叶っていないのに、ここにきて新しい厄介事を抱えこんでしまった。

四章

一

六日目。大きな問題を抱えてしまったオフィーリアは、執務の間のテーブルに行儀悪く突っ伏していた。頰がひんやりとして心地よく、なかなか起き上がれない。

——女王陛下、私の罪をどうかお聞きください。

近衛(このえ)隊長オリバー・ステア。

オフィーリアを死なせたことについての責任を問われ、謹慎処分になっていたオリバーは、オフィーリアの命令によってその処分が撤回された。オフィーリアの前に出てきたときの彼は、自らの至らなさを泣くほど責めていた。

あのあと、オリバーは生き返ったオフィーリアを守るために、どんなことでもしようと決意したのだろう。

——女王陛下の夫であるザクトリー護国卿(ごこくきょう)とアンの関係について、明らかにすべきかどうかをずっと迷っていました。この話を女王陛下のお耳に入れてしまったら、たとえザクトリー護国卿が事件の関係者ではなくても、女王陛下を悲しませてしまいます。しかし、疑わしいのであれば、捜査対象とすべきです。女王陛下のお気持ちを大事にすべきか、職務に忠実であるべきか、すぐに結論が出せず、本当に申し訳ありませんでした……。

　オリバーの言動は、忠義者として完璧だった。しかし、オフィーリアは「貴方は立派よ」と感動することはできなかった。

（オリバーは演技が上手かったのね。……いいえ、元々上手だったわ。私以外の人に、あの独特の気持ち悪さを隠し通していたし）

　オリバーはデイヴィットを犯人だと思い込んでしまったのだろうけれど、証拠の捏造をするなんてよくぞそこまで……といっそ感心してしまった。

「姉上、大丈夫ですか？」

　デイヴィットが犯人かもしれないという話を聞いたジョンは、すぐにオフィーリアのところへきてくれた。そしてぐったりしているオフィーリアの背中に触れ、そっとさすってくれる。

「デイヴィットのことはもう忘れましょう。あとはお任せください。姉上はまだ若く、姉上に相応しい人はこれからいくらでも……」

「男なんていくらでもいるわ！　ええ、デイヴィットなんかどうでもいいの！」

オフィーリアは、ここにいないデイヴィットを睨みつける。

なんてことをしてくれたんだと怒りに震えた。

「デイヴィットはたしかに愚かだけれど、オリバーはもっと愚かよ！　善意の愚かを極めた相手を罵倒するような言葉はないの⁉」

「善意の愚か……⁉」

難しいことを要求されたジョンは、それでも必死に考える。

新兵の訓練のとき、倒れた同僚に手を貸そうとした者が、「ここは軍だぞ！　ガキが仲良しこよしで手を繫ぐ場所じゃねぇんだ！」と叱られていて……。

「おしゃぶりでも咥えていろ、おしゃぶり野郎とか……」

「幼稚であると言いたいわけね。素敵な言い方だわ」

ジョンは汚すぎる言葉を姉に教えたくなかったので、そうですと必死に頷いた。このぐらいなら可愛らしい罵倒といえるだろう。

「おしゃぶり野郎のオリバーは、アンとデイヴィットが会話をしていたというだけで、犯人がデイヴィットだと思い込んだ。そして、デイヴィットが犯人だという証拠を捏造した。間違いないわね」

「えぇっ!?　そんなことをしたら、真犯人が野放しになりますよ!?」

「だから幼稚なのよ！」

オリバーが女王へ深い敬愛を抱いていることは、この宮殿内の者なら誰でも知っている。休憩時間であっても不審人物がいないかどうかの見回りを自主的に行い、警備の穴がないかを確認している話は有名だ。そんなオリバーなら、デイヴィットが落としたカフリンクスを偶然手に入れることもあるだろう。

（きっとどこかで手に入れたデイヴィットのカフリンクスを、オリバーはずっと保管していた。いつか、殺人現場にでも置いて、デイヴィットを犯罪者にするつもりだったのでしょうね）

オリバーの中では、デイヴィットが女王殺害未遂事件の犯人だ。保管し続けていたカフリンクスを、ちょうどいいと利用したのだろう。

「オリバーは、アンとデイヴィットの秘密の関係の告発までに時間がかかった、と言っていたけれど、嘘ね。ジギタリスを用意するのに時間がかかっただけよ」

寝室の間で、医師から「間違いなくジギタリスの毒です」と言われたとき、オリバーは扉の前で見張りをしていた。

近衛兵は、主人の傍で見聞きしたことを絶対に黙っておかなければならない。だからオリバーに自分たちの会話が聞こえてしまっていても、オフィーリアは気にしなかった。しかし、オリバーに毒の話を聞かせては駄目だったのだ。これは自分の判断ミスである。

「デイヴィットが犯人になってしまったら、女王殺害未遂事件の調査が終わってしまう。私は犯人が誰なのかどうしても知りたいのに……！」

「待ってください！　姉上はデイヴィットを助けたくはないのですか⁉」

「言ったでしょう。自業自得の愚か者なんてどうでもいいわ」

つんと顔を背ければ、ジョンがえぇ……と情けない声を出した。

「でも、デイヴィットに用はなくても、護国卿には用があるのよね……」

オフィーリアは、よく磨かれているテーブルに映った自分の顔を見る。

これから臨時の枢密院会議だ。女王として、胸を張らなければならない。


会議の間に、枢密院顧問官が集まっている。

護国卿デイヴィット・ザクトリー公爵の席は空いたままだけれど、皆は彼を待つことなく女王に挨拶をした。

「妖精王リアに守られし春告げる王よ、お目見えすることができて光栄でございます」

「理想郷(アルケイディア)に住む子らよ、春の陽射(ひざ)しが貴方たちに降り注ぐでしょう」

オフィーリアは、吸い込まれそうなほど深い濃紺色(ラピスラズリ)のドレスを着ている。色合いは落ち着いているけれど、ドレスのあちこちにちりばめられた金糸の刺繡(ししゅう)が夜空に輝く星々のように煌(きら)めいていて、華やかで強い印象をオフィーリアに与えてくれていた。胸元で輝く大きなダイヤモンドも、高貴な女王でありたいという気持ちを支えてくれている。

（――今日の議会は荒れる。望む結論に持っていけるよう、私は威厳のある女王でなければならない）

オフィーリアが椅子に座れば、顧問官たちも椅子に座った。

「それでは、会議を始めます。――今日の議題は、ザクトリー護国卿の疑惑についての報告です」

議会の進行を務める枢密院議長エリック・グリーブが、第二大司法卿(だいしほうきょう)ローガン・シーズを見た。

「第二大司法卿、ご説明をお願い致します」

「はい」

皆の視線が、ローガンに集まる。

ローガンはこほんと咳払(せきばら)いをしたあと、手元の書類に視線を落とした。

「女王陛下にジギタリスの毒を盛ったという疑惑があるアン・セコットの裁縫箱から、ザクトリー公爵家の紋章入りのカフリンクスが出てきました」

議場がほんの少しざわめく。皆、もうどこかで聞いていた話だけれど、それでも声を上げてしまったのだ。

「そして、ザクトリー護国卿の部屋を近衛隊の立ち会いの下で調査したところ、時計の裏からジギタリスの葉が発見されました」

近衛隊長であるオリバーは、デイヴィットの部屋に入っても、安全点検だと言えば怪しまれない。ジギタリスの葉は、オリバーによってこっそり置かれたのだ。

(でも、それを証明できるものがない)

ここまでデイヴィットに不利な証拠が揃い、そして皆のオリバーへの信頼がとても厚いのなら、オフィーリアがオリバーの工作だと主張しても信じてもらえないだろう。

(犯人はどこかで笑っているでしょうね。デイヴィットに全ての罪を着せることができたんだもの)

犯人は、オフィーリアを自殺に見せかけて殺そうとしたけれど、失敗した。

しかし、オリバーが新しい犯人を用意してくれた。

──犯人もオリバーも、おしゃぶりを咥えていなさい!

オフィーリアは、とんでもないことをしてくれた二人を心の中で罵る。

「ザクトリー護国卿は、現在〝嘆きの塔〟にいます。これから、女王陛下殺害未遂事件にどこまで関わっていたのか、調査を進めていく予定です」

ローガンが報告を終えると、大司馬卿ランドルフ・ウッドヴィルが早速手を挙げた。

「ウッドヴィル大司馬卿、どうぞ」

エリックが許可を出せば、ランドルフはオフィーリアを見る。

「まだ疑惑という段階ではありますが、ザクトリー公爵に護国卿たる資格があるかどうかを、今ここで考え直すべきではありませんか？」

オフィーリアは、この話になることを予想していた。

もしも自分がただの枢密院顧問官だったら、賛成だと言っただろう。

「ザクトリー公爵がアン・セコットと……親しく付き合うのは自由ですが、家紋を入れたカフリンクスを渡すべき相手は、女王陛下のみであるべきです。護国卿としての立場をお忘れになり、女王陛下へ毒を……いや、まだ疑惑ですが、宮殿に毒を持ち込むという疑わしい行為をしてしまった。このようなときこそ、護国卿がご不安な女王陛下を支えなければならないというのに……！」

ランドルフは『女王を支えられないディヴィットに護国卿の資格があるのか』を焦点に

した。疑惑のありなしの話にしなかったのは賢い。

(疑惑があるから護国卿の資格を剥奪しようと言われたら、疑惑の段階ではできないと拒絶することもできたけれど……)

不倫だけでは、大人の遊びだから仕方ないと思われ、護国卿の称号剥奪は難しい。しかし、デイヴィットは家紋を入れたカフリンクスをアンへ渡したことになってしまっている。それは女王と離婚して貴女と再婚したいという意思表示になり、遊びの範疇を超えてしまうのだ。

「元々、ザクトリー公爵は少々遊びすぎていましたからね……」

「先日も女王陛下に叱られたばかりでしたなぁ」

「まだ疑惑の段階ですし、犯人と決まったわけでもない。だが、護国卿の資格があるかどうかといえば……」

元々、護国卿というのは、議会がデイヴィットに与えた特別な称号だ。

議会が満場一致でデイヴィットから護国卿の称号を剥奪しようと言い出したら、オフィーリアだけで抵抗するのは無理がある。

――デイヴィット！　貴方が護国卿でなければ私が困るのよ！

オフィーリアがああしたいこうしたいと言っても、女だからと舐められてなかなか実現しないので、デイヴィットを利用しなければならないのだ。

「皆さん、挙手をしてからの発言をお願いします」

エリックがざわつく議会を宥めると、あちこちから手が挙がる。

真っ先に手を挙げたのは、デイヴィットと対立する立場にある者たちだ。この状況を好機だと思い、デイヴィットから護国卿の称号を奪おうとしていた。

「女王陛下はこうしてご快復なさったのですから、どうしても今すぐに護国卿が必要というわけでもないでしょう。女王陛下にお世継ぎはまだいらっしゃいませんが、王弟殿下のメニルスター公爵はもう十六歳でございます。護国卿に頼らなくても大丈夫のはずです」

「ザクトリー公爵はまだお若い。護国卿の任は重かったかもしれません。女王陛下を支える者が必要ということであれば、また別の護国卿を……というのも可能なはずです」

「そもそも、護国卿というのは特例中の特例です。先代国王陛下が万が一のときを考え、女王陛下が十二歳のときに準備をした制度です。女王陛下の御年は十七歳、もう護国卿を必要としていないでしょう」

デイヴィット側の人間は、どうしたらいいのかと顔を見合わせていた。

今のうちに陣営を変えた方がいいのではないかと、ひそひそと話し合う。

「……メニルスター公爵、どうぞ」

一通りデイヴィットに不利な意見が出されたあと、ジョンが手を挙げた。

ジョンからしたら、護国卿という存在は不要だ。次の王になる者として、さぞかし厳しい意見を言うのだろうと皆は予想する。

「ザクトリー護国卿が、アンと個人的に親しくしていたのは間違いないでしょう。しかし、そのことについて、女王陛下からお叱りをもう受けています。ここでの非公式のやりとりを覚えていますよね？」

オフィーリアの傍にいるジョンは、事前にオフィーリアから教わった通り、デイヴィットの浮気はもう終わった話なのだと持っていく。

「ザクトリー護国卿は、そのことについて深く反省していました。女王陛下に誠心誠意を込めて尽くしていきたいと申し出ていました。……女王陛下殺害未遂事件の調査を自ら行っていたことや、女王陛下の執務の間で陛下と歓談しているところを、第二大司法卿や大侍従卿も見ていたはずです」

ジョンの援護をすべく、大侍従卿ウィリス・ハウエルは手を挙げる。

「ザクトリー護国卿は女王陛下のご快復を祝う舞踏会の夜、自ら反省を述べにいらっしゃいました。そのとき、女王陛下は招いていない相手だから茶を用意するなと命じられておりましたが、翌日のご訪問のときは茶を入れるように命じておりました」

多少は許したのだろう、とウィリスは証言した。

ジョンはもう一度手を挙げ、都合のいい結論が出るように誘導していく。

「ザクトリー護国卿はたしかに過ちを犯しました。けれども、今は女王陛下と新たな夫婦関係を築こうとしています。護国卿としての資格があるかないかという点に関しては、問題ないでしょう。問題は、女王陛下の殺害未遂事件に関わっていたかどうかで、こちらはまだ疑惑の段階で……」

「関わっていたはずだ！　女王陛下を害した毒物と同じものが、ザクトリー護国卿の部屋から発見されたのですぞ！」

ジョンの言葉を遮るようにしてランドルフが叫ぶ。

デイヴィットを蹴落とす折角の機会を逃すまいと、唾を飛ばす勢いで喋り始めた。

「動機がある！　毒物を所有していた！　これでなにもやっていないと主張するのなら、なぜ毒物を保管していたかの説明が必要だ！」

ジョンのおかげで、捜査の結果次第で改めて考えようという結論になりそうだったのに、これでは話が長くなってしまいそうだ。

「ジョン、先走りしすぎだという意味の罵倒語はないの？」

「……ええっと」

オフィーリアは、視線を動かさず、表情も変えずに、傍にいる弟へ淡々と尋ねる。

ジョンは戸惑いながらも、オフィーリアにだけ聞こえる声で恐る恐る教えた。

「今ここでザクトリー公爵の処分を決定すべきだ！　国内の問題に決着をつけないと、クレラーン国への大攻勢の話し合いが進まなくなる！」

ランドルフは、国政が滞ってしまうという理由を持ち出してくる。

ずっと議会の様子を見守っていたオフィーリアは、ここでようやく口を開いた。

「ザクトリー護国卿の調査は終わっていないわ。なぜ毒物を持っていたのかという話も聞けていないの。……第二大司法卿、そうだったわよね？」

「はっ……はい！　ザクトリー護国卿は、誰かが勝手に時計の裏へ毒物を隠したとおっしゃっていました。自分は陥れられたのだとも。まずはザクトリー護国卿の部屋に誰が出入りしていたのかを調べる必要があります」

ローガンは、調べることはまだ沢山あるのだと答える。

「毒はザクトリー護国卿によって用意されたものなのか、誰かがザクトリー護国卿を犯人にしようとして隠したものなのか、はっきりしないうちは罪に問うべきではないわ。今ここで処分を決定したいというのは、あまりにも先走っているわよ」

「ですが、このままでは……！」

「大司馬卿、クレラーン国への侵攻についても、ザクトリー護国卿の疑惑についても、どちらも家畜の種付けのように扱われては困るの」

にっこりとオフィーリアが微笑めば、皆が固まった。あまりにも品のない言葉が、品のある女王から飛び出してきたからだ。

「ザクトリー護国卿は嘆きの塔にいて、証拠隠滅ができない状態にある。彼が出入りしていた部屋は、既に立ち入り禁止になっている。これから、ザクトリー公爵領の屋敷の捜索が行われる。……じっくり調査に取り組みましょう。焦れば、他殺を自殺と処理してしまったときのように、大事なものを見落とすかもしれない」

女王の首に残された手の形の痣を見落とした大司法卿のホリスは、謹慎処分を受けている。慎重に動かなければホリスのようになるぞと皆に告げれば、この場の空気が一気に引き締まった。

「クレラーン国への侵攻も、今の状況を考えると断念するしかないわ。どうやら皆が大司馬卿のように落ち着かないみたいだもの。冬が間近に迫っている今、一致団結して短期決戦で大勝利を収めることは難しそうね」

ランドルフのせいでクレラーン国への全面攻勢ができないのだ、とオフィーリアはため息をつく。

姉の見事な責任転嫁に、ジョンは心の中で拍手をした。

「女王殺害未遂事件に続き、ザクトリー護国卿についての疑惑。ここ最近、大変なことが続いている。今は無責任な噂(うわさ)に踊らされることなく、誠実に事実へ向き合うことが必要よ。枢密院顧問官としての立派な立ち居振る舞いを期待しているわ」

オフィーリアが好き勝手に騒ぐなと牽制(けんせい)すると、議場がしんと静まり返る。

そろそろ終わりにしていいだろうと、オフィーリアはエリックをちらりと見ることで閉会を促した。

「他にご意見のある方は……ないようですね。それでは、議会を終わります」

エリックが議会終了を告げる。

オフィーリアが立ち上がってさっさと廊下に出ていけば、くそっというランドルフの叫び声とテーブルを叩(たた)く音が聞こえてきた。

二

〝嘆きの塔〟とは、その名の通り、人を監禁するための塔だ。

デイヴィットの部屋からジギタリスの葉が出てきてしまった以上、疑惑の段階であっても拘束しなければならなくなったので、オフィーリアはこの塔へ入れるように命じた。

「女王陛下、嘆きの塔に用がございましたら、この私にお任せください」

嘆きの塔に向かうオフィーリアへ、オリバーが声をかけてくる。

「いいえ、大丈夫よ。妻である私が夫の様子を見るべきだわ」

オフィーリアは、オリバーの申し出をやんわり断った。

すると、オリバーが傷ついたような声を出す。

「……私は余計なことをしてしまったのでしょうか」

オリバーにとっての〝余計なこと〟というのは、デイヴィットに疑いがかかるとわかっていても、「デイヴィットとアンが会話しているところを目撃した」という証言をしたことだ。

しかし、オフィーリアにとっては、デイヴィットに疑惑があるかどうかなんてどうでもよかった。

「貴方がいつもとても誠実に仕事をしているから、大事な証言ができたのよ」

オフィーリアは柔らかく微笑みつつも、心の中でオリバーに腹を立てている。

オリバーは余計なことをしたのではない。余計なことを増やしたのだ。犯人捜しに集中したいのに、デイヴィットが疑われてしまい、やるべきことが増えてしまった。あとたったの四日しかないのに、どうしてくれるのか。

(生き返っていられる期間がもっと長ければ、デイヴィットを自業自得だと笑うことができて、オリバーを褒めてやることも……いいえ、証拠の捏造(ねつぞう)はやっぱり褒められたことではないわね。……あら、ここは随分と足場が悪いみたい。気をつけないと)

オフィーリアは、生まれて初めて嘆きの塔に入る。足下がでこぼこしている石畳であることを心配したオリバーが手を貸そうとしてくれたけれど、迷わず断った。

「この先は一人でいいわ。貴方(あなた)たちはここで待っていて」

「女王陛下をお守りすることが我々の役目です」

「デイヴィットに沢山文句を言いたいのよ。私にも品のないことを言いたくなるときがあるの。理解してちょうだい」

穏やかに微笑んだあと、オフィーリアは一人で嘆きの塔の階段を上る。

鉄格子の扉の前に見張りの兵士が立っていたので、オフィーリアはしばらく下がっていてと命じ、デイヴィットと二人きりにしてもらった。

「デイヴィット、生きているわね」

「勿論(もちろん)だよ。あのクソったれを田舎に飛ばして、羊の見張りをさせるためにもね」

「クソったれにクソったれと言われたくないわよ、オリバーも」

鉄格子の向こう側のデイヴィットは元気そうだ。

ここは高貴な身分の者を監禁するときに使われるところなので、水が滴る中、床で寝なければならない……という劣悪な環境ではない。テーブルも椅子もベッドもあるし、本もいくつか置かれている。

「差し入れよ。できる限りここでの食事は残して」

「……これは助かるね」

オフィーリアは、ドレスのスカートの中からワインとパン、干し肉を包んだものを取り出し、鉄格子の隙間から渡した。

「今頃真犯人は、貴方の食事にどうやって毒を盛ろうかと考えているかもしれないわ」

「私が死ねば、真犯人にとってとても都合がいい。言い逃れできないと思った私が毒物を飲んだ……という展開に持っていきたいだろう」

「……本当に、犯人もオリバーも貴方も、それぞれが身勝手よ」

オフィーリアは、鉄格子がなければデイヴィットをもう一度叩いてやることができたのにと、つい嘆いてしまった。

「自業自得だわ。アンに色目を使うからこういうことになるの！」

「カフリンクスは渡していない！　それは本当だ！　……アンとお喋りをしていたのは事実だけれどね」

「やっぱり自業自得よ！　あの日の夜にアンと話をしていたら、疑われるに決まっているでしょう！　一体なにを話していたわけ⁉」

「大した話ではないよ。今日も可愛いねってね」

どうでもいい話すぎて、オフィーリアの頭がくらくらする。

「ここだけの話、いつか君を陥れるときに、アンを利用するつもりだったんだ。だからゆっくり仲良くなろうと思っていた。会う度に声をかけていたよ」

「素敵な自供ね。さっさとこの愚か者を処刑しろと命じてくるわ」

「待って！　待って！　もう心を入れ替えたあとだから！　今の私の心には君しかいないよ、オフィーリア！」

慌てるデイヴィットを睨みつけ、飢え死にさせればよかったと自分の甘さを反省した。

「ジギタリスの葉についての言い訳はあるの？」

「私が用意したものではない。信じてくれ。毒物を所有するのなら、私はもっと本気で隠す。あれは間違いなくオリバーの仕業だろうね」

デイヴィットは、皆が考えているよりもずる賢い。憎い相手なのに、無実を信じてやれるということの最悪の状況に、なんだか泣きたくなってしまった。

「オリバーの善意は、今の状況では余計なことでしかないわ。貴方とオリバーを比べたら、オリバーの証言を信じる人の方が圧倒的に多いでしょうし」

「彼はとても誠実な人物に見えてしまうからね。……実はあのカフリンクス、ザクトリー公爵になってすぐのときに落としたものなんだ。落としたと思っていたけれど、実際は違うのかもしれない。彼が私の部屋に出入りしても、それが仕事だからなにも思われないだろうし」

デイヴィットを陥れるためのオリバーの準備は、最近始まったわけではない。もっと前から始まっていたのだろう。

オリバーの執念深さに、オフィーリアはため息をついてしまった。

「もう……。真犯人と、オリバーと、貴方とのばらばらの連携で、こんな面倒な事態になってしまったわ。呆(あき)れ果(は)ててなにも言えないわよ」

どういう偶然の組み合わせだと、オフィーリアの頭は痛んでしまう。

「オフィーリア、君は犯人を憎んでいないのかい？　いつも私への文句ばかりだけれど」

「貴方への文句はこれでも言い足りないわ。……犯人を憎む憎まないの前に、誰が犯人なのかがわかっていないのよ。なにか事情があったのかもしれない。アンのようにどうしようもなくて、仕方なく殺すことになったのかもしれない」

アンは、自分の家を助けるためにオフィーリアを殺した。

自分がアンに選ばれなかったことは悲しいけれど、でもアンを一方的に責めたくはない。

「アンのやったことは仕方ないとでも？」

「許せることではないわ。でも、可哀想(かわいそう)だとも思っている」

「……君は、優しそうに見えて、とても冷たくて厳しい。でもやっぱり優しいね」

ふっとデイヴィットの表情が柔らかくなる。

オフィーリアは、馬鹿にされたような気がして、目を細めた。

「貴方への優しさは尽きたわよ。しばらくはここで今までの悪事を反省していなさい」

虫けらを見るかのような目つきをデイヴィットに向けたあと、オフィーリアは手のひらと手のひらを勢いよくぶつける。パン！　という打撃音が塔の中に響いた。

「虫でも？」

「似たようなものよ」

「またね」や「無事で」という声をかけることなく、オフィーリアは階段を下りていく。

塔の扉を開けてもらえば、オリバーが待ち構えていた。

「……本当にろくでもない男だわ。この期に及んで言い訳ばかり」

オフィーリアは右手をひらひらさせる。

「人を叩くと、私も痛いのね」

先程の音は、鉄格子越しにデイヴィットの頬を叩いた音だと、オフィーリアはオリバーに嘘をついた。これでこの男は満足しただろうし、次の面会のときも二人きりにしてくれるだろう。

(オリバーは味方なのに味方ではない。デイヴィットは敵なのに敵ではない。あちこちの問題が絡み合って、単純な話なのに難しくなっている)

とにかく、オフィーリアは調査を続けるしかない。その先に真相があることを、今は信じるしかなかった。

三

七日目、ローガンが新たな調査結果を持ってきた。

オフィーリアは謁見の間にローガンを招き、詳しい話を聞く。

「セコット伯爵領に行った者が戻ってきました。ザクトリー護国卿がおっしゃっていた通り、セコット伯爵に借金がありました。投資に失敗したようです。金を貸したのはマシュー・バトラー第二大蔵卿の知り合いで、第二大蔵卿の紹介だったそうです。表向きの借用書がこちらです。裏向きの借用書もあるはずだと脅したら、観念して出しました」

表向きの借用書にある借金の額は、常識的な範囲内のものだった。王家の調査が入っても、これなら問題なしと判断される額だ。

しかし、隠されていた本物の借用書に書かれていた借金の額は、城を譲渡しても足りないぐらいの莫大な金額である。

「バトラー侯爵は第二大蔵卿よ。これぐらいの知恵は貸せるでしょうね」

マシューを問い詰めたいけれど、金貸しを紹介しただけだと言われたらそれで終わりだ。どうにかして真実を暴いてやりたくて、借用書を持つ手につい力が入る。

「他にセコット伯爵へ金を貸した者はいたの？」

「返す見込みがないと思われたのか、他は全て断られていたようです。それから、アンに母親が病気であることと、薬代がかかるという手紙を書いたという証言も得ました」

犯人がアンに金をちらつかせて毒を渡したという推測は、かなり真実に近かったようだ。

「投資の話は誰が持ちかけたの？」

「ケネス・コールという商人です。レベッカ商会との知り合いだという触れ込みだったそうですが、レベッカ商会に問い合わせたら、そんな男は知らないと言われました」

偽名を使って、誰かが意図的にセコット伯爵を陥れた。

セコット伯爵は、かろうじて顔見知りと言えるマシューを頼り、金を借りることはできた。勿論、どうにかして返さなければならない。

「第二大蔵卿と親しければ、セコット伯爵領の財務状況を知ることができそうね」

マシューがアンに毒を渡した人物だという結論を出したいところだけれど、思い込んだ状態で調査をするのは危険だ。他の可能性も考えておかなければならない。

「セコット伯爵の交友関係と、第二大蔵卿の交友関係を改めて調べておきました。こちらです」

ローガンは丁寧で良い仕事をしてくれる。

オフィーリアが満足していると、ローガンは報告の最後に、アンがセコット伯爵夫妻に送っていた手紙をテーブルへ置いた。

「こちらでも内容を確認しておきました。アンに恋人はいなかったようです。手紙に出てきた友人の名前の一覧はこちらです。また改めて彼女たちから話を聞く予定です」

ローガンは、してほしいことをきっちりしてくれる。

今度、ジョンの前でローガンの有能さを褒めておこう。ローガンが頼りになることを、今のうちにジョンへ刷り込んでおきたい。

「通常の仕事もある中で、それでも事件の調査をしっかりしてくれるから、本当に助かるわ。貴方がいてくれてよかった。これからも頼むわね」

「女王陛下殺害未遂事件の調査も、我々の通常の仕事の一つです。女王陛下に手をかけた罪人を絶対に捕まえてみせます」

やる気に満ちたローガンに、感謝するしかない。

ローガンが退出したら、次はジョンだ。ジョンは宮殿内の警備計画書を見ることができる者を一覧にしてくれた。

「警備計画書を見れば、どこに見張りがいて、どこを巡回するのかがわかってしまうから、計画書の全てを閲覧できる者はごく一握りになっていました。警備兵たちは、自分がどこに配置されるのかは知っていますが、それだけです。小隊長も小隊ごとの警備計画書しか渡されていないので、自分以外の部隊の行動はわかりません」

ジョンの説明を聞いたオフィーリアは、窓の下にあるガーデンテラスへ視線を向けた。

オフィーリアの寝室はガーデンテラスに面していて、城の外周を守る小隊、ガーデンテラス内を守る小隊、見回りを行う小隊の三つの隊によって守られている。この三重の警護網を突破したいのなら、やはり全ての警備計画書が必要になるだろう。

「第二大蔵卿、もしくはその知り合いがかなり疑わしいのだけれど……」

　国王軍の最高責任者は、大司馬卿ランドルフ・ウッドヴィルだ。ランドルフは軍で自分の派閥の貴族を優遇している。

　政敵であるマシュー派に属している者にとって国王軍は居心地が悪いため、国王軍の上層部にはマシュー派やマシュー派と親しくしている者はいない。マシューもその知り合いも、警備計画書を手に入れることはできないだろう。

「警備計画書が盗まれたという話はなかった？」

「ありませんでした。ですが、それは不祥事ですし、きっと僕や姉上に隠すと思います」

「でしょうね。……デイヴィットがいたら、その辺りを探ってくれたのに」

　肝心なときに使えない男ね、とオフィーリアは冷たく言う。

「ジョン、貴方は軍の関係者から噂話を集めておいて。警備計画書が盗まれたかどうかとそのまま尋ねる必要はないわ。『最近、上層部が慌ただしかった気がする』と言って、世間話の中で口を滑らせるようにしてちょうだい」

「わかりました」

「他にも、この警備計画書を見ることができる人物のうち、お金に困っている者がいないか、お金を積まれたら動きそうな者はいないかを、念入りに確認して。私も個人的な繋がりの方で確認しておくから」

オフィーリアはジョンに新たな指示を出したあと、謁見の間から執務の間に移動し、椅子に深く腰かけた。

「困ったわね……」

調査が進み、セコット伯爵やアンの背景がはっきりしてきた。彼らを陥れた人物の存在も確認できた。警備計画書を閲覧できる人物は限られていた。

それなのに、犯人が誰なのか未だにわからない。

「そうよね。犯人はきっと緻密な計画を立てて、自分が犯人だとわからないようにしている。当日は、偶然にも私の首を絞めることになってしまい、自殺に見せかけることができなくなったという失態を演じただけで……」

オフィーリアが生き返ったから、自殺事件が殺害未遂事件という扱いに変わったのだ。

犯人は、オフィーリアの生存を残念だと思っているだろうけれど、それでも自分が犯人だと思われない自信はまだあるだろう。

「犯人はまた私を殺そうとするはず。……その前に、私が死ぬけれどね」

ついに七日目だ。オフィーリアに残された時間は少ない。

――本当に、犯人は見つかるのだろうか。

＊＊

オフィーリアは、夢を見ているのだとすぐにわかった。

意識があるのに、身体がふわふわとしていて、上手く動かない。

（ここは……）

石造の床と壁、薄暗くてひんやりした空気がまとわりつく場所——……嘆きの塔だ。

ディヴィットはどこにいるのだろうかときょろきょろしていたら、どこからか声が聞こえてくる。

「ザクトリー公爵ディヴィット王配、女王陛下殺害未遂事件の首謀者として、斬首刑を執行する」

すぐそこで、ディヴィットが牢から連れ出されていた。

——やめて！

オフィーリアは必死に叫んだけれど、誰も聞いてくれない。

どうしてと焦っている間にも、手と足に枷をつけられたディヴィットは、両脇を抱えられた状態で階段を下りていく。

「違う！　真犯人がいるの！　デイヴィットではないわ！」

塔の外から歓声が聞こえてきた。なんの声だろうかと小さすぎる窓から外を見れば、なぜか民が集まっている。彼らは宮殿の広場につくられた処刑場を取り囲んでいた。

「女王命令よ！　やめなさい！」

外の声がどんどん大きくなる。オフィーリアがどれだけ叫んでも、歓声に紛れてしまう。

「デイヴィット！」

自分の声すら聞こえなくなるほどの歓声に包まれ、オフィーリアは思わず耳を手で塞ぐ。

すると、突然静かになった。いつの間にか場所も変わっていて、柔らかな絨毯の上に立っている。

（ここはどこなの……？）

臙脂色の絨毯の模様に覚えがあった。ここはジョンの寝室だ。

（そうだ！　ジョンに頼めば……！）

デイヴィットが処刑されそうだから止めてほしい、と言うためにジョンを捜す。

そのとき視界の端で、ひらりとカーテンが揺れた。

バルコニーの扉が開いている。そこから風が入ってきているのだ。

——まさか。

オフィーリアはベッドに駆け寄る。ジョンが横になっていて、片手がだらりとベッドから落ちていた。無防備なその首には、赤い手の痕がある。

「ジョン!!」

悲鳴を上げた瞬間、オフィーリアは目を覚ました。

＊＊

「夢……」

オフィーリアは未だに音を立てている心臓を宥める。

ゆっくり息を吐き、片手で顔を覆った。

――デイヴィットが処刑されて、ジョンが自分と同じように殺されていた。

やけに生々しくて、現実味のある夢だった。動悸がなかなか治まらない。

息が詰まるような感覚に襲われ、何度も深呼吸をしていると、扉の向こうから小さな声で呼びかけられる。

「……お休み中、失礼いたします。女王陛下、なにかございましたか?」

うなされている声が廊下まで聞こえたのだろう。

恥ずかしいと思う余裕もなく、なんとか返事をした。

「大丈夫よ。夢を見ただけ……」

「そうでしたか。失礼しました」

そう、これは夢だ。現実にあったことではない。宮殿に処刑場を作ることはない。夢だからおかしなことになっていたのだ。

しかし、一部はこれから現実になることかもしれない。

——ぞくりと身体が震えた。

あと三日で自分は死ぬ。その間に犯人を見つけることができなかったら、デイヴィットが犯人にされ、処刑されるかもしれない。生き延びた真犯人は、次はジョンを襲うかもしれない。……それはあまりにも恐ろしい未来だ。

きゅっと唇を噛んだ。気を紛らわせるために寝返りを打つと、廊下にいるオリバーの声がわずかに聞こえてくる。

——陛下は悪夢にうなされていたようだ。

そういえば、先程呼びかけてきたのはオリバーだった。自分を落ち着かせることに精一杯で、誰の声なのかを気にしていなかった。

（うん……？　女官長に報告をした方が、って……、オリバー、やめてちょうだい。私は

そんなに心の弱い女ではないわ）

　オリバーと見張りの兵士の声が、切れ切れに聞こえてくる。オリバーはいつもオフィーリアのために扉の開け閉めの音や足音を殺してくれているけれど、こうして廊下での話し声が響いてしまうと、折角の気遣いも意味がない。

（一度気になるとつい耳を澄ませてしまうわね。……駄目よ、眠らないと。私は朝早く起きなければならない。本当にもう時間がないんだから……！）

　オフィーリアは手のひらで耳を覆う。

　早く眠りの妖精が魔法をかけてくれますように、と必死に祈った。

四

　八日目。オフィーリアは、朝から晩まで予定が詰まっていた。

　冬の準備のための枢密院会議に出席し、舞踏会で声をかけた貴族と共に昼食会を楽しみ、午後は貴婦人たちを招いた茶会で噂話に耳を傾け、夜は個人的な晩餐会を開き、クレラーン国への春の侵攻計画についての話し合いをする。

(今日は多くの人と会って、多くの噂話を聞いた。それでも、女王殺害未遂事件の直後に様子をおかしくした人がいるという話は、一度も出てこなかった……!)

調べていけば、犯人に繋がる〝なにか〟を手に入れられると思っていた。けれども、重大な手がかりはまだ見つからない。

(……疲れたわね)

枢密院会議、昼食会、茶会、晩餐会、それぞれの場でどういう女王でありたいのかを考え、異なるドレスを着ていた。ドレス選びは楽しいけれど、これだけ着替えの回数が多くなると、手足がいつもより重たく感じてしまう。

おまけに——……今日は全く成果がなかった。精神的な疲労も加わってくる。

(残り二日しかない……)

犯人は本当に見つかるのだろうか。十日もあれば絶対に見つかると思っていたのに、ここにきて不安がどんどんつのっていく。

気合で背筋を伸ばしたまま執務の間に向かって歩いているけれど、そろそろ限界だ。

「……オリバー、私が殺されそうになった日の夜、デイヴィットとアン以外に、いつもなら見かけない人を目撃していたということはないの?」

オリバーは、休憩時間も一人で宮殿内を見回っている。なにか手がかりを摑んでいるのではと、ほんのわずかに期待してしまった。

「宮殿の柵の近くに、酔った男たちが数人いました。念のために様子を見ていたら、喧嘩が始まって、ちょっとした騒ぎになりました。あの夜の不審者はそれぐらいです」

「ああ……、その話はデイヴィットからも聞いたわね。……そう、ありがとう」

見張りの兵士も、巡回の兵士も、みんな見かけない顔はなかったと証言していた。

あの夜の宮殿に、普段はいないはずの人物がいてくれたら、犯人を簡単に特定できただろう。

「女王陛下、犯人はザクトリー護国卿です。なんらかの方法を使い、バルコニーから侵入したのでしょう」

オリバーがなにを思ったのか、オフィーリアを苛立たせるようなことを言い出す。

他の近衛兵がいなかったら、やめてときっぱり止めていただろう。

(貴方のせいでこんなに焦っているのに……！)

ジョンには、オリバーの偽装工作の証拠を見つけてほしいと頼んである。証拠が手に入ったら、すぐにデイヴィットを嘆きの塔から出してやらなければならない。

(クレラーン国への春の侵攻計画の説得は思うように進まなかったし、犯人捜しも新しい調査結果が出てくるのを待っている状態だし、オリバーについてもジョン次第だし……)

やらなければならないことが沢山あるのに、今のオフィーリアは待つことしかできなかった。それが余計に焦りを生む。

「お帰りなさいませ。第二大司法卿からの報告書が届いております。それからメニルスター公爵様からのお手紙も届いております」

執務の間に入れば、すぐに書記卿ベネット・モリンズが現れ、晩餐会の最中に訪れた人物を報告してくれた。オフィーリアは待っていましたと、まずはローガンの報告書を読む。

しかし、ローガンの報告書に書いてあった内容は、アンの友人たちはアンに接触した男についてなにも知らなかった、というものであった。

「……そう」

オフィーリアは、ふーっと息を吐く。次はジョンの手紙を開いた。

——頼まれたことをしておきました。それから、姉上のお耳に入れられるような楽しい話はなに一つありませんでした。

ジョンには、頼み事をいくつかしておいた。

デイヴィットへ差し入れをしてほしいということ、オリバーの偽装工作の証拠を摑むこと、女王殺害未遂事件の直後に様子が変わった軍人がいるかどうかを調べること、警備計画書を閲覧できる人物の中に金に困っている者や、金を積まれたら動きそうな人物がいるかどうかを調べること……。どうやら、新しい情報はなに一つ入ってこなかったようだ。

「もしかして……」

オフィーリアは行儀悪く椅子の背にもたれ、天井を見た。天井には妖精王リアが描かれていて、オフィーリアを静かに見下ろしている。

「私は、ついに行き詰まったのかも」

調べたら犯人がわかると信じていたけれど、本当に駄目なのかもしれない。

「犯人がわかったとしても、私はまた死ぬんだから、残念だで終わる話だけれど……」

でも……と、オフィーリアはジョンからの手紙を撫(な)でた。

「デイヴィットはどうなるのかしら……？」

彼にかけられた疑いは、オフィーリアが死んだあとにきちんと晴れるのだろうか。

オフィーリアがまた死ぬことで、これ以上追及しないことになるのならいい。しかし、オフィーリアが死ねば、デイヴィットを信じる者が一人いなくなるということでもある。

「まさか、あの夢の通りに処刑されるなんてことは……」

ぶるりと身体(からだ)が震えた。自分が死ぬのはいい。一度死んだ身だ。そして、デイヴィットが勝手に死んだとしても、あらそうと言って終わりだ。

しかし、今回の一件は違う。オフィーリアへの熱烈な敬愛を抱くオリバーが、オフィーリアを守るためにしたことの結果なのだ。自分が原因になっているのなら、自分が死ぬ前にどうにかしなければならない。

それから……ジョンのことも気になっていた。

「犯人が王家に恨みを持つ人物だとしたら……」

オフィーリアが死んだら、次の標的はジョンになる。自分のときと同じように、バルコニーの扉に鍵をかけていても、なぜか開いてしまい、ジョンが首を絞められて殺されるかもしれない。

「貴方は一体何者なの……!?」

犯人の計画は、全て予定通りに進んだわけではない。犯人は、オフィーリアが死んでいなかったことに動揺し、首を絞めてしまった。犯人は人間らしい失敗をしている。それなのに、いつまで経っても犯人像がはっきりしない。

なんでもいい。手がかりがほしい。一つのきっかけで、一気に事件の真相がわかるかもしれないのに。

「……妖精王リアの王冠!」

オフィーリアは、あの日から執務の間の棚にしまってある妖精王リアの王冠を取り出す。

ずしりと重い白い包みをテーブルの上にそっと置き、布を取り払うと、大きな宝石がきらきらと輝いていた。

「妖精王リア、いるんでしょう？」

オフィーリアは指でそっと宝石に触れる。

しかし、あのときとは違い、部屋はしんと静まり返ったままだ。

「妖精王リア！」

呼んでも返事はない。天井画を見ても、動き出してくれなかった。

オフィーリアはどうしてなのと焦る。

「お願い！　出てきて！　私を殺した犯人が見つからないの！　貴方、犯人についてなにか知らないの⁉　貴方は私が殺されたとき、私に語りかけてきたじゃない！」

オフィーリアは死ぬ間際、妖精王リアの声を聞いた。なら、妖精王リアは犯人を見ているかもしれない。小さなものでもいい。とにかく手がかりがほしい。

「返事をして！」

オフィーリアは祈るような気持ちで天井に向かって叫ぶ。

けれども、ぺらぺらの妖精王リアは降りてきてくれなかった。

——ああ、妖精王の笑い声がどこからか聞こえてくる。

こちらを見てクスクスと笑っている。あと少しで死ぬことになるニンゲンの本性を眺めて、楽しんでいる。

——これが自分の本性だ。弱い女だ。どうすることもできず、感情的に叫んでいる。

オフィーリアは、自分の腕で自分の身体を抱いた。

手と膝が震えている。立っていられなくて、その場に膝をつく。

「……私はどうしたらいいの⁉」

デイヴィットが死んでしまうかもしれない。

彼はオフィーリアのためにと思ったオリバーの策略によって死ぬのだ。

オリバーの愛も、デイヴィットへの申し訳なさも、そして得体の知れない犯人への気持ちの悪さも、全てが重たくて、このまま押し潰されてしまいそうだった。


オフィーリアは嘆きの塔に向かって歩いていた。

幸いにも、オリバーは休憩時間に入っていたらしく、オフィーリアについてきている近衛隊の中にその姿はない。

「……二人きりにして」

嘆きの塔に入って見張りの兵士にそう言えば、すぐに従ってくれた。兵士は階段を下りていき、扉をバタンと閉める。

オフィーリアのいるところからだと塔の入り口は見えないけれど、この塔はとても音が響くので、離れていても兵士がなにをしているのかわかってしまった。

「デイヴィット、生きているの？」

鉄格子の前で蠟燭の灯りを掲げれば、ごそりと動く影がある。

「勿論さ。昼間にジョンがきてくれたから楽しかったよ」

ジョンは暇だろうからと本を差し入れたようだ。テーブルの上に、見たことのない本が積まれている。きっと、本と一緒にパンやワインをこっそり渡したのだろう。

「残念な報告よ。私を殺そうとした犯人がまだ見つからないの」

「だろうね。犯人を追い詰めるためには、もう少し時間がかかるだろう。犯人はきっと、君が戴冠した日から殺害計画を練っていた。それを見破るのは大変だ」

「あと二日で犯人を見つけないと、手遅れになるかもしれない」

オフィーリアが懺悔のような響きを込めて呟けば、デイヴィットは笑った。

「私が死ぬ日でも決まったのかい？　それが二日後だと？」

「いいえ、死ぬのは私。あと二日の命なの」

生き返っていられるのは十日間。妖精王リアがそう言った。

デイヴィットはオフィーリアの話を冗談だと思ったのか、肩をすくめる。

「君があと二日で死ぬ？　それは困る」

「……どうして？」

死ぬのなら、ジョンが死んでからにしてほしい。そういう意味なのだろうか。

「私が女王殺害未遂事件に関わっていないことを、君は最も信じてくれている人だからだよ。君は私に情がないし、私のことを情がない男だとわかっている。だから私を信じている。今の私の一番の味方に死なれたら本当に困る」

オフィーリアは、デイヴィットに対して愚かだという意味を込めて笑う。しかし、自分でも随分と下手くそな笑い方だとわかっていた。

——なんだか本当に可笑しいわ。

デイヴィットへの愛を失っているのに、今の方がデイヴィットを信じられる。そしてデイヴィットもオフィーリアを信じている。

——こんな風に、一歩だけでも相手に向かって踏み出せばよかったのかもしれない。

立ち止まったままでいることを選ぶようになったのは、いつ頃からだろうか。

自分がどうなりたいのか、もっと考えておけばよかった。

なにかあったら自分も立派な国王になるつもりなのだと、父と母にはっきり言えばよかった。

ジョンともっと早くから話し合えば、今になって慌てなくてもすんだ。

デイヴィットへの愛をなくすことになるのなら、もっと早く浮気について怒ればよかった。そうしていたらもっと早くすっきりできたはずだ。

「……唯一の救いは、私が死んでも貴方が泣かないことね」

残していくのが辛(つら)い、なんて展開にはならない。そこだけは安心できる。

オフィーリアが下手くそに笑えば、心外だとデイヴィットが手を広げた。

「そんなことはない。私は君という最高の女性を失ってしまったら、妖精王リアの気まぐれに対して嘆き悲しみ、涙で新しい湖を作ってしまうよ」

胡散臭(うさんくさ)いことを言い出したので、今度こそオフィーリアは心から笑う。

「やめてちょうだい。私が死んだときに泣くような男を夫にしたつもりはないわ」

好きだから夫にしたのではない。有能だったから夫にした。

デイヴィットに対する想(おも)いはそれだけでいい。

(自分勝手な人だけれど、上手(うま)く使うことができたら国のためになる)

いつかジョンがデイヴィットを利用できるように、この男の扱い方というものを、手紙という形でしっかり残しておこう。

「湿っぽい話はやめましょう。……貴方は誰が犯人だと思う？」

オフィーリアには、ちっとも犯人像が見えてこない。殺された張本人だから、思い込みによって冷静になれない部分があるのかもしれなかった。

だから、第三者であるデイヴィットに、犯人の姿がどう見えているのかを尋ねる。

「私は〝犯人〟がいないような気がしてきたよ」

デイヴィットは、不思議なことを言い出す。

オフィーリアが首を傾げれば、金色の髪がさらさらと肩を撫でていった。

「どういう意味？　まさか妖精王リアが犯人だとでも？」

「いや、なにかを見落としている気がするんだ。見落としているから、犯人が見えないし、犯人がどうやって部屋に入ったのかわからない」

オフィーリアは、たしかにそうだと納得する。

自分が検死されたとき、寝化粧がしてあったことで、唇と爪が青くなっていたことに気づいてもらえなかった。あの時点では、バルコニーの鍵が本当に閉まっていたかどうかの確認もしていなかった。

女王は自殺したという思い込みによって、単純な見落としがいくつも発生したのだ。

あのときと同じで、きっと自分たちもなにかを見落としている。それをもう一度じっくり考えてみよう。

「デイヴィット、寝室の間にいる私を殺そうとするとき、貴方はバルコニーから入る？　それとも扉から入る？」

「扉から入るよ。私の立場だったら、扉から入る方が自然だ。不自然であればあるほど、人の目につく」

犯人は、バルコニーから入る方が自然だった。

それなら、普段あの寝室に出入りしない人物という可能性が高い。

「女官、侍従、近衛兵なら、扉から入る方が自然よね」

「そう。私の部屋の時計の裏に毒物を隠したオリバーも、私の部屋の窓からではなく、扉から入ったのは間違いない」

立場によって〝自然〟が変わる。

デイヴィットの言葉が、大きな助けになりそうな気がした。

オフィーリアは、寝室の間に戻るなりバルコニーの扉を開けた。

「もう夜ですから、バルコニーに出られるのであれば、近衛兵を傍に置いてください」

ウィリスが、また侵入者が現れたら大変だとおろおろしている。彼の胸をこれ以上痛めないためにも、オフィーリアは当番の近衛兵を隣の部屋に待機させた。

「……錠穴は内側についていて、鍵がないと開かない。当然のことだけれど、まずはもう一度鍵がかかるかどうかの確認からしましょう」

バルコニーの扉の鍵を開けたり閉めたり、バルコニーの扉を開けたり閉めたり……あれこれと試してみる。中途半端に開いていた扉を閉めようとしたとき、力加減を間違え、バタンという大きな音を立ててバルコニーの扉を閉めてしまった。すると、隣の部屋にいた近衛兵が慌てて入ってくる。

「女王陛下！　どうしましたか⁉」

「扉を閉めるときに勢いがついてしまったの。大丈夫よ」

「そうでしたか。失礼しました」

近衛兵は頭を丁寧に下げ、隣の部屋に戻る。バタンという音と共に扉が閉まってから、オフィーリアは再びバルコニーに立ってみた。

「あら？　あれはオリバー……？」

ガーデンテラスにオリバーがいる。ガーデンテラスの見張りの兵士は、オリバーを見つると、軽く頭を下げていた。どうやら、オリバーの休憩時間の自主的な見回りは、宮殿内だけでなく、庭も範囲に含まれていたようだ。見張りの兵士がオリバーを見て「どうしてここに」と言うことなく、当たり前だという態度で接しているのがその証拠である。

「本当に職務に忠実すぎる男ね……」

オリバーは、デイヴィットへの憎しみによって暴走しなければ、少し気持ち悪いけれど真面目な近衛隊長、ですませることができた。本当に残念な男だ。

「……ううん、今はオリバーより犯人よ。犯人はガーデンテラスの見張りや巡回から上手く逃れ、バルコニーまで這い上がり、鍵がかかっている扉の前に立った」

オフィーリアが「このバルコニーから部屋に侵入しろ」と言われたら、鍵を壊そうとするだろう。しかし、金槌や鋸を使ったら、音がうるさくてすぐに見つかってしまうはずだ。

「部屋の中に共犯者がいた……。それなら、その共犯者が私の死を確かめればいい話よね。おまけに、部屋の中に誰もいなかったことは、近衛隊が確かめている」

よし、とオフィーリアは気合を入れる。

前にデイヴィットと話していた〝秘密の抜け道〟を、もう一度探してみよう。

「生前は、あと一歩踏み出せばよかったと思うことばかりだったわ。今度こそやれるだけやって、それから死なないと」

そうだったとオフィーリアは思い出す。

生き返った当初は、やりたいことをやってから死にたいと思っていた。忙しくて、つい

そのことを忘れてしまっていたようだ。

五章

一

九日目。国王としての仕事を終えたオフィーリアは、女官や侍従の手を借り、改めて寝室の間や執務の間を調べてみる。王宮を舞台にした物語では、壁の一部を押せば隠し扉が出てくるとか、棚の奥が外れるようになっているとか、暖炉の上に登っていけるとか、色々な仕掛けがあったけれど、現実は違っていた。

「……これも駄目ね」

考えつく限りの可能性を探ってみたけれど、どれもこれもただの壁やただの棚やただの暖炉だ。暖炉の中に手を入れたら流石に汚れてしまい、オフィーリアは入浴して煤を落とすことになった。

（なにかを見落としているはず。女王殺害未遂事件は、もっと単純な話なのかもしれない。見落としているせいで、考えすぎてしまうだけ……）

寝室の間で難しい顔をしているオフィーリアに、女官の一人が声をかけてきた。

「女王陛下、お茶とクッキーをご用意しましょうか」

「……そうね。お願いするわ」

少し休憩しよう。だらしなく長椅子に寝そべり、その姿勢でお茶とクッキーを楽しんで、次の作戦を考えてみるのもいいかもしれない。

「失礼します」

年若い可愛らしい女官が、ティーセットを持って入ってくる。後ろにちらりと女官長であるスザンナの姿が見えたけれど、入ってくることはない。きっと初めて女王に茶を用意することになった女官の指導のためにきているのだろう。

「お茶をお持ちしました。こちらでよろしいですか？」

「ええ、お願い」

長椅子の横にある小さな丸いテーブルに、ティーセットを広げてもらう。

若い女官は、女王にお茶を出すのが初めてということもあって、とても緊張しているようだ。時々、かたかたという小さな音が鳴った。

（あらあら、手が震えているわ）

オフィーリアは、若い女官の動きを微笑みながら見守る。そして、準備を済ませて丁寧に頭を下げた女官へ、優しく声をかけた。

「素敵なティーカップね。これは貴女が選んだの？」

「っ、いえ、私ではなくてモリーが……！」

「そうだったの。……良い匂い。お茶を入れるのが上手ね」

「あの、準備をしたのはセリーヌで……！」

どうやら、少し前までアンが一人でしていた仕事を、三人で分担したらしい。ティーカップを選んだのはモリー。ハーブティーを入れたのはセリーヌ。ということは……。

「貴女の名前は？」

「カレン・ハランドと申します」

「ああ、ハランド男爵の……。ハランド男爵領のラベンダー畑は、妖精に愛されているととても素晴らしいものだと聞いているわ。いつか観に行きたいと思っているの」

ぱっとカレンの表情が明るくなる。小柄で可愛らしいカレンは、どこかアンに似ていた。

（正直でとても良い子ね）

カップを持ち上げて、まずはお茶の匂いを楽しむ。ゆっくり一口味わえば、ほのかな甘みが疲れを癒やしてくれた。

（……そういえば最近、毎回違う女官がお茶を持ってきていた）

きっとスザンナが、アンの代わりになる相性のいい女官を探っていたのだろう。

スザンナの気遣いにこれまで気づかなかったなんて、主人失格である。

(余裕がないとこれだから……。もっと周りを見ないといけないわ)

改めてカップの模様を見てみた。カップには可愛らしい花が描かれている。クッキーも花の形に絞ってあった。食べるのを躊躇ってしまいそうだ。

(女官たちは、私の気分や疲れ具合を見て、女王に出すお茶の種類やお菓子を一生懸命考えてくれている。お茶に合わせてカップやクッキーの皿も選んでいる)

このティーセットには、女官たちの愛情がこもっている。何気なく受け取っていたけれど、もっとしっかり楽しむべきだった。

「ありがとう。下がっていいわ」

オフィーリアが微笑めば、カレンは「失礼します」と言って、寝室の間から出ていこうとする。しかし、思ったよりも勢いよく扉が閉まってしまった。

「あっ」

バタン！　という大きな音を聞きつけたスザンナが、すぐにオフィーリアの前に出てくる。

「申し訳ありません。作法がまだなっていないようで……、よく言い聞かせておきます」

「窓を開けたままにしていたから、扉が勢いよく閉まってしまったのね。私も昨日、同じことをして近衛兵を驚かせてしまったの。気にしなくていいわ」

初めてのお茶運びの最後の最後で失敗してしまったカレンは、顔色を真っ青にして頭を必死に下げていた。

オフィーリアは「またお願い」とカレンに優しく声をかけておく。

（こうしてみると、アンの作法は完璧だったわね）

王女のときからオフィーリア付きの女官をしていたアンは、いつだってなにも言わなくてもオフィーリアが気持ちよく過ごせるようにしてくれていた。

夜寝る前のハーブティーを出したあとは、読書をしているオフィーリアの邪魔をしないよう、足音一つ立てず静かに去っていった。

「オリバーもそう」

気持ち悪い男だけれど、他の近衛兵とは違い、軍靴でも足音を鳴らさないようにゆっくりと歩くし、扉を音もなく閉める。

オリバーはアンと同じことをしているのだけれど、アンと違ってオリバーに対して微笑ましい気分にならないのは、好感度の違いというものかもしれない。

「いつも通り、読書でもしようかしら」

オフィーリアは本を出してきてテーブルに置く。開いたままになっていた窓とバルコニーの扉を閉めようとして、まずはバルコニーのドアノブに手をかけた。

ゆっくりと静かに扉を閉じたつもりだったけれど、かすかに音が鳴った。音もなく静かに扉を閉めるのは、なかなか難しいことだったらしい。

「……静かに、……難しい…………」

オフィーリアは、閉めたばかりの扉をゆっくり開ける。そして、走って別の扉の前に立つ。寝室の間と執務の間を繋ぐ扉を開ければ、執務の間と謁見の間を繋ぐ扉が見えた。

このまま三つの扉を開けていけば、廊下に出られる。

「あの夜……」

首を絞められたときの記憶を探る。

いつも通りの夜だと思っていたけれど、きっといつも通りではなかった。

「ああ……なんてこと……。そういうことだったのね……！」

オフィーリアは、足下が歪んでいるような感覚に襲われ、壁に手をつく。

——あの人のあまりの度胸に、ぞっとしてしまった。

ここまでなにも言わずにいられたことへ、ただ感心してしまう。

デイヴィットが言っていた通り、立場によって〝自然〟が変わるは、その通りだった。

「あの人とアンは……、だったら、殺すつもりなんてなかった……？」

たった一つのきっかけを手に入れたことで、前後の謎も解けていく。

「ああ、バルコニーから落としたのは……、彼ではない……？」

そうだと頷く。そういうことだったのかと、静かに息を吐いた。

「あの人には、不可能なことが二つあった。……でも、そう、これもお茶と同じ」

オフィーリアは、テーブルのティーセットを見つめる。

アンが最後の最後に、あの日の真実を教えてくれたような気がした。

「護国卿フェリックス・レヴィン」

オフィーリアは、ベッドの上のクマのぬいぐるみを抱きかかえる。

「ようやく全てが見えてきた。私が捜していた〝犯人〟は、どこにもいなかったのよ」

デイヴィットの言葉の意味が、ようやく理解できた。

犯人はずっとオフィーリアを嘲笑っていた。偶然と幸運に支えられた犯行は、絶対に明らかになることはないと信じて――……。

「でも、動機があっても決定的な証拠がない」

問い詰めたところで、正直に話すわけがない。どうにかして、真実を明らかにしたい。

なにかいい方法は……。

――そうだ！　オリバー！

彼はデイヴィットを陥れるために、家紋入りのカフリンクスをアンの裁縫箱に入れ、ジギタリスの葉をデイヴィットの部屋の時計の裏に隠した。こちらも、オリバーと同じことをしたらいいのだ。

「証拠がないのなら、これから作るだけよ」

油断している今だったら、別方向から真実を突きつけられれば動揺する。

「強い一撃をプレゼントしてあげるわ」

追い詰められたときの犯人の間抜けな顔を見てやろう。そして、満足してから死のう。

――いよいよ残りあと一日だ。

二

十日目。

夜中、一人の男がチェレスティーン大聖堂を訪れていた。

男は黒いローブで身体を覆い、フードを深く被って顔を隠し、そっと扉を押す。

ギィという軋む音がかすかに鳴ったあと、扉はゆっくり開いた。大聖堂の扉は夜になると鍵がかけられて、内部は無人になるのだけれど、きっと呼び出し人が大司教に頼んで鍵を借りたのだろう。呼び出し人は、それができる人物だ。

「……お待ちしておりました」

夜空が曇っているため、月の明かりは大聖堂に届かない。

呼び出し人が持っている蠟燭の炎によって、男は自分と呼び出し人の他に、招かれた人物がもう一人いることを知った。

「正体がわかっても、しばらくは知らないふりをしてください」

呼び出し人は、男ともう一人の招かれた人物へ静かに告げ、「こちらへ」と大聖堂の主祭壇の場所へくるように言った。

「これから、私の罪を告白します。どうか、最後まで聞いてください」

互いの正体を知らない二人の男。

そして、罪を打ち明けたいと言ってきた呼び出し人。

静かで重苦しい空気が流れる中、炎がわずかに揺らめいた。どこからか隙間風が入ってきたのだろう。

呼び出し人は朗読台に蠟燭を置き、右手を左胸に当てる。

男は、暗くても、呼び出し人の手の震えに気づいてしまった。

——この国を守護する妖精王リアよ。私は罪を犯しました。敬愛すべき女王陛下の首を絞めてしまったのです。陛下はとても美しく、清らかで、気高い方でした。

　ベッドの上の陛下は、妖精の女王セレーネよりも美しかった。金色の髪に触れると、絹よりも滑らかで、思わず指が震えました。私は陛下が妖精の国からやってきたのだと本気で信じていたのです。首もとても細かった。片手で摑めてしまうのです。それでも私は両手を使いました。これが生きている陛下に触れられる最後の機会だからです。片手だけではあまりにももったいないと欲を出してしまいました。

陛下のか細い息が手にかかって、その息を感じられなくなったとき、私は後悔しました。あまりにも罪深いことをしてしまったと、目の前が真っ暗になりました。この罪は、妖精王リアの慈悲を以っても未来永劫消せないでしょう。

あまりにも衝撃的な告白に、男は驚いた。そして、納得してしまった。

恋心を抱き、そして堪えきれずに手を出したというのは、よくある話だ。

「申し訳ありません。一人で罪を抱えるのは、あまりにも辛かったのです」

「……そうでしたか。どうか自首を。大司法卿のところへ参りましょう」

男の勧めに、呼び出し人は首を横に振る。

「陛下に触れるため、夕方からカーテンの陰にずっと隠れていました。……夜になって、眠るまで、それからもずっとずっと……」

男は、急に不安になってきた。いや、たとえ夕方から部屋にいたとしても……。

「女官がハーブティーを持ってくるところも、カーテンの陰から見ていました。彼女が『言う通りにした。これで家が助かる』と呟き、毒を授けた人物の名を口にしたところもです」

男は、頭をがつんと殴られたような心地になった。

まさか、そんなはずは、と叫びたくなるのをなんとか堪える。

「そして、バルコニーから逃げようとしたとき、誰かがバルコニーを登ってきていることに気づきました。慌ててまたカーテンの陰に隠れました。……その男は、陛下を担いでバルコニーから投げ捨て、バルコニーを降りて逃げていったのです」

夕方から真夜中、女王の寝室の間でなにがあったのかを、呼び出し人は語った。

男たちはどうしてここに呼ばれたのかを、ようやく理解する。

これは罪の告白だ。女王が三人の男によって三回も殺された、あの事件の真相の……。

「どうか、お二人も罪の告白を」

呼び出し人は、罪を犯した罪人であり、他の二人の罪を見ていた目撃者でもある。

ひゅうっと男の喉が鳴った。これはまずいとわかっているのに、汗ばかり出てきて、動くことも反論することもできない。

「——……そして、互いの共犯者になりましょう」

呼び出し人の吐息がかかったのか、蠟燭の炎がまた揺れた。

男はそれを黙って見つめてしまう。

「全ての犯人はザクトリー護国卿です。我々は罪を共有し、固く口を閉ざすべきです」

呼び出し人は、他二人の犯行を明らかにしたら、自分の罪も明らかにしてしまう。そうしたくはなかったのだ。

そしてきっと、三人分の罪を一人で抱えることもできなかった。だからここに呼び出し、一緒に罪を背負ってくれと言ったのだ。

——ここで共犯者になることを拒否したら、三人とも罪に問われるかもしれない。

男は焦った。裁判という手続きのあと、間違いなく処刑されてしまう。それぐらいの罪なのだ。

冷や汗が背中を伝う。ぬるりとした感触がとても気持ち悪かった。

「罪の告白を」

共に断罪されるか。共に罪を背負うか。

究極の二択を迫られた男は、共犯者になることを選んだ。

「……私の罪を告白します」

男は、深呼吸をする。その呼吸に合わせ、蠟燭の炎が揺れた。

――この国を守護する妖精王リアよ。私は罪を犯しました。敬愛すべき女王陛下に毒を飲ませたのです。陛下はとても美しく、清らかで、気高い方でした。

そしてもう一つ、罪があります。陛下に可愛(かわい)がられている少女の実家を陥れ、借金で苦しむように画策し、君の家の援助をしたいと言って少女に近づき、陛下に毒を飲ませろと命じたのです。

彼女は家を助けるために、陛下を裏切りました。ハーブティーに毒を入れ、陛下を殺し、毒が入っていたティーカップをそっと別のティーカップにすり替えました。見事にやり遂げてくれました。

私は、震えながら報告にきた彼女を金槌(かなづち)で襲い、意識を失わせました。そして窓から投げ捨てました。私は彼女の名誉を守ったのです。少女は毒殺の犯人ではなく、陛下の死に殉じるほど気高い心を持っていたことにしてやるべきなのです。

男は、罪の告白と言いながらも、言い訳をしてしまった。

少女を利用して殺したという正直な言葉は、どうしても言えなかったのだ。

「貴方の罪を共に背負います。……さぁ、貴方も」

呼び出し人は、もう一人の男を促す。

バルコニーから女王を投げ捨てた人物は、震える声で罪の告白を始めた。

――この国を守護する妖精王リアよ。私は罪を犯しました。敬愛すべき女王陛下をバルコニーから投げ落としてしまったのです。陛下はとても美しく、清らかで、気高い方でした。

細く軽い無防備な身体は、私にすんなり抱えられてくれました。これからすべきことを受け入れていると、そのときの私はそう思ったのです。いえ、わかっています。これは私の勝手な言い分です。陛下を殺すなんてこと、許されるわけがありません。

罪を犯すとき、冷静でいられる人間はどれぐらいいるのでしょうか。私はずっと焦っていました。予定外のことが起きて、『陛下は侵入者に殺された』から『陛下は身投げした』

に変更したせいもあるでしょう。あとになって、陛下のミュールをバルコニーに揃えて置いておけばよかったと悔やんだぐらいです。

陛下をバルコニーから落としたとき、わずかに鈍い音がしましたが、見張りの兵士たちに気づかれることはありませんでした。バルコニーの鍵を壊す音を誤魔化すために、酔っ払いたちを雇っておいたのですが、彼らが予定通りに騒いでくれたおかげでしょう。

ようやく陛下が亡くなったとき、楽にしてやれてよかったと、そのときの私は本気で思っていたのです。

呼び出し人が蠟燭の灯りを持ち、それぞれの顔にそっと近づけ、誰なのかを明かしていく。

呼び出された二人の男は、罪を犯したもう一人の顔を見て驚いたけれど、もう共犯者になってしまったあとだ。腹を括るしかなかった。

「……この書面にサインを。我々は互いの罪を絶対に明かさないという誓約書です」

口約束だけでは不安なのだと、呼び出し人は語る。

男は、朗読台に置いていた書類を見るよう促されたあと、ペンを渡された。

——ここまできたら、互いの罪を背負い続けるしかない。

それぞれを見張り、真実を明らかにしそうになったら、殺してでも止めるのだ。

「貴方も」

もう一人の男も、震える手でサインをした。

呼び出し人がもう一人の男からペンを受け取り、自身もサインをしようとして朗読台に蠟燭を置いたとき、大聖堂の鐘が鳴る。

ガラーン、ガラーンという音は、夜の静寂を打ち破り、大聖堂にいる男たちを驚かせた。

「……そこまでよ。第二大蔵卿マシュー・バトラー。大司馬卿ランドルフ・ウッドヴィル」

三度の鐘のあと、凛とした気高き美しい声が響く。

司教の控えの間から出てきたのは、この三人によって殺された人物――……女王オフィーリア、そしてその夫のデイヴィットであった。

オフィーリアは、白いドレスを着てきた。これなら、夜でも自分の姿がはっきり見えるはずだ。手に持っている燭台の灯りによってぼんやり淡く光る自分は、さぞかし亡霊のように見えるだろうと笑いつつ、朗読台の前にいる男へ声をかける。

「ジョン、ご苦労様。見事だったわ」

「春告げる王のお役に立てて光栄です」

ジョンは誓約書を摑み、オフィーリアの元へ駆け寄り、恭しく差し出す。

オフィーリアは二人のサインをちらりと見た。

「残念だったわね。ジョンは私の首を絞めた犯人ではないの。ただの代役よ」

マシューとランドルフに、オフィーリアは真実を教えてやる。それから、共に司教の控えの間で待機していたローガンに、その誓約書を渡した。たった今、女王殺害未遂事件の自白とその証拠が揃った。これで二人を罪に問うことができる。

「まさか、第二大蔵卿ともあろう方が女王陛下に毒を盛り、大司馬卿ともあろう方が女王陛下をバルコニーから落としていたなんて……！」

事件の真相を知ったローガンは、なんてことだと怒る。

改めて己の罪を突きつけられたマシューとランドルフは、それぞれ違う反応を見せた。

「違う！　嵌められたんだ！　私はやっていない！」

ランドルフは首を横に振り、言い訳を始める。

「……くそっ！」

マシューは逃げようとして大聖堂の扉に向かったが、扉のところで槍を持った兵士たちに拘束された。

「なんだ！　お前たちは！　私は第二大蔵卿のマシュー・バトラーだぞ!!」

兵士たちは、離せと喚くマシューを無視し、拘束し続ける。

彼らは、あらかじめオフィーリアから「鐘が三回鳴ったあと、この扉から逃げようとした人物がいたら、誰であろうと必ず捕まえろ」と言われていた。

「まだ話は終わっていないわ。第二大蔵卿をここに連れてきなさい」

兵士は、オフィーリアの命令に従い、無理やりマシューを連れてくる。

「この売女め!!　夫がいるのに他の男に色目を使うところを、私は見ていたんだぞ!!　貴様は王に相応しくない!!　恥知らず!!　妖精王リアの加護なんて……」

わあわあと騒がれて、非常にうるさくて鬱陶しい。

オフィーリアは、このままでは話が進まないと判断し、息を吸った。

「お黙りなさい！」

容赦なく頰を平手で叩いてやる。三度目ともなれば、どうやれば力がしっかり入るのかをわかってきているし、なにより生前の恨みを込めておいた。

パン！　という盛大な打撃音が響いたあと、じんとした痛みが手のひらを襲う。しかし、その痛みは心地よく感じられた。

（いつもねちねち私の粗探しばかりをしていた第二大蔵卿に、こうやって仕返しできて本当にすっきりしたわ！）

生き返る前に何度も苛立たせられた。あの場で叩いてやれなかったことが悔やまれる。もっと早くにこうしておけばよかった。

「うるさい男ね。……ジョン、こういうときはなんて言えばいいの？」

オフィーリアが小声でジョンを頼ると、ジョンは困った顔になる。

「豚にキスをしろ、とか……」

「いいわね、それ」

本当はもっと酷い言葉があるけれど、ジョンは柔らかめの表現にしておいた。オフィーリアの口から汚い言葉がそのまま出てくると、今晩うなされてしまうだろう。

「豚にキスをしていなさい。貴方にはお似合いよ」

オフィーリアが冷たい言葉を放つと、頬を打たれたことと罵倒されたことの二つの衝撃を味わうことになったマシューは、一気に大人しくなる。

「それからもう一人、私の首を絞めた男もここに連れてきて」

複数の足音がだんだん近づいてくる。

兵士は両手と足に枷と鎖をつけられた男――……オリバー・ステアを連れてきた。

「これで役者は揃ったわね」

あちこちの燭台に火がつけられていく。

明るくなった大聖堂に、女王殺害未遂事件に関わった者たちがついに集結した。

「では、どこから話そうかしら」

オフィーリアはちらりとオリバーを見る。オリバーは俯(うつむ)きながらも、その瞳は爛々(らんらん)と輝き、デイヴィットを睨(にら)みつけていた。

「先にオリバーの誤解を解いておきましょうか。……オリバー、アンにジギタリスの毒を渡したのはデイヴィットではないの。第二大蔵卿であるマシュー・バトラーよ」

オフィーリアが真実を教えてやると、オリバーは勢いよく顔を上げた。

「そんな……！　そんな、嘘(うそ)だ……！」

信じていたことをオフィーリアに否定されたオリバーは、激しく動揺する。

デイヴィットはオリバーを見て、にやにや笑った。オリバーと違い、手枷や鎖こそないが、左右に槍を持った兵士がついているというのに、性格の悪いことを平気でしている。

オフィーリアは、うっかりオリバーへ同情しそうになってしまった。

「デイヴィットが疑わしい行為をしたのは事実よ。でも、アンの共犯者ではなかった。……今すぐ信じるのは難しいでしょうから、しばらく黙って私の話を聞いていなさい」

オフィーリアは、善意の思い込みによって余計な仕事を増やしてくれたオリバーに、冷たい声で命令する。

それから頬に手を当て、そうねと可憐に微笑んだ。

「先程、ジョンにオリバーの代わりをしてもらったけれど、いくつか違う部分があるの。オリバーならわかると思うけれど……」

オフィーリアはオリバーを見たけれど、オリバーは呆然としていた。

では、と高らかに声を上げたのはディヴィットだ。

「私が説明しよう。まずは近衛隊の仕事についてだ。近衛兵は六人で小隊を作り、女王の六つの居室に侵入者がいないかを、朝、昼、夕、夜と寝る前に確認している。勿論、カーテンの裏側も、花瓶の中に妙な生き物が入っていないかも確認するよ。だから女王の部屋は、妙なものが入り込まないようにするため、意外に物が少ない。必要があるときに取りに行かせることになっている」

ディヴィットの説明は、とても簡潔でわかりやすかった。

オフィーリアは、よく回る口を持つこの男に、解説を任せることにする。

「つまり、オリバーが夕方からカーテンの裏に隠れているのは、無理があるってことさ。……オリバー、だんまりの君の代わりに、私が庇ってあげたよ」

女王の夫と、女王に想いを寄せている男。

両者の間で見えない火花が散った。

「では、真実はどこにあるのか。……あの日の出来事を順番に追っていきましょう」

オフィーリアは呼び鈴を鳴らした。控えていた者たちがさっと近寄ってくる。

「私が殺されそうになった夜、いつものようにアンがハーブティーを入れて、私に持っていった。間違いないわね」

「はい、間違いありません」

女官たちはしっかり頷いた。

次にオフィーリアは、あの夜に国王の部屋の扉の見張りをしていた兵士に声をかける。

「アンは執務の間の扉と待合の間の扉、どちらの扉から出入りしたの？」

「我々が見張りをしていた執務の間の西側の扉から入り、執務の間の西側の扉から出ていきました」

執務の間の西側の扉の見張りをしていた兵士が、はっきり答える。

「間違いないわね」

オフィーリアが待合の間の南側の扉を見張っていた兵士に確認すると、彼らは「間違いありません」と頷いた。

「では、アンが最後の出入りをした少し前に時間を戻すわ。近衛隊が寝る前の部屋の確認をするために開けた扉はどちらだったの？」

「待合の間の南側の扉です」

待合の間の南側の扉を見張っていた兵士がすぐに答える。

近衛隊は、いつも待合の間の南側の扉から入り、まずは待合の間を確認し、それから北に向かって一室ずつ丁寧に調べていた。

「近衛隊が部屋の確認をしているところなら、私も見ていたわ。彼らは確認を終えて、廊下に出ていった。どの扉から出ていったの？」

「執務の間の西側の扉です」

今度は執務の間の西側の扉の見張りをしていた兵士が迷いなく答える。

「近衛隊長のオリバーだけが残り、寝室の間にいる私にいつも通り夜の挨拶をした。オリバーはそのあと寝室の間から出ていった。オリバーが廊下に出たのも間違いないわね」

「はい。扉を閉める音が聞こえました。間違いありません」

「我々もです」

執務の間の西側の扉の見張りの兵士と、待合の間の南側の扉の見張りの兵士がそれぞれ頷く。

オフィーリアは、心の中でため息をついた。二組の見張りの兵士の話を、同時に聞くべきだったのだ。

「オリバーはどちらの扉から廊下に出ていったのかしら?」

「執務の間の西側の扉です」

「待合の間の南側の扉からです」

それぞれの扉の見張りの兵士たちが、自分が見張っていた扉からは出ていっていないと言う。

直後、彼らは驚き、もう一方の兵士を指差した。

「そんな馬鹿な……!」

「こっちはずっと見張っていたぞ!?」

ほんのわずかな確認不足だ。オフィーリアは、ささやかな偽装工作を行ったオリバーの度胸に改めて感心した。

「貴方(あなた)たちは、オリバーが廊下に出たことを、どうやって知ったの?」

オフィーリアの質問に、見張りの兵士たちは恐る恐る答える。

「……別のところから、扉を閉める音が聞こえたので」

「私たちもです……」

自分が見張っていた扉は開かなかった。違うところから扉を閉める音が聞こえた。だから、見張りの兵士たちは、別の扉からオリバーが廊下に出ていったと思い込んだのだ。

「これは単純な話よ。オリバーは謁見の間と待合の間を繋ぐ扉を開けて、閉めた。扉を閉める音が聞こえたときには、オリバーはまだ廊下に出ていなかった」

見張りの兵士は、部屋を出入りしていた人物について尋ねられたとき、「近衛隊長殿は近衛隊と共に部屋の確認をしたあと、女王陛下に挨拶をしてから廊下に出ていきました」と証言した。

両方の扉の見張りの兵士に同じことを言われたら、誰だっておかしいことに気づけないだろう。

「オリバーは、執務の間か謁見の間、待合の間のどこかで身を隠していた。アンがいつものようにハーブティーを持ってきて、出ていくのをずっと待っていた」

アンが出ていったあと、オリバーは自由を得た。そのあとも暗闇の中で、オフィーリアが寝付くまでじっとしていたのだろう。

「耳を澄ませていたら、ティーカップをソーサーに戻す音や、ベッドの上掛けをめくる音、ベッドに入る音、枕に頭を乗せる音が聞こえたでしょうね。夜はとても静かだもの」

小さな音をずっと聞いていたであろうオリバーが、心底気持ち悪い。

やっとこの気持ちを、皆にも理解してもらえそうだ。

「そして、オリバーは私の寝室に入り、首を絞めた。……一応聞くけれど、どうして？」

オフィーリアは、オリバーの顔を見ることなく尋ねる。

焦れったいほどの間のあと、オリバーは苦しそうに理由を話し始めた。

「……私は、罪から逃れるつもりはありませんでした。償うつもりだったのです……」

「そう？　償うつもりにしては、ずっと真実を黙っていたみたいだけれど？」

「いいえ！　見張りの兵士を騙したのは、女王陛下に触れる時間が少しだけほしかったからです！　いつまでも女王陛下の部屋から出てこなかったら、扉の見張りの兵士に怪しまれてしまうので……」

オフィーリアは、オリバーは扉を閉める音を利用して部屋に残ったことを隠し通すつもりだと思っていた。度胸があると感心していたけれど、どうやら違ったらしい。

「貴方は、一時的に扉の見張りの兵士を誤魔化せたらそれでよかったの？」

「……はい」

オリバーにとっては、翌日には発覚するぐらいの些細な誤魔化し方のつもりだった。しかし、運よく誰にも気づかれず、ここまできてしまったようだ。

「私は……女王陛下に触れるという罪を犯そうとしたとき、陛下の様子がおかしいことに気づきました。苦しそうにしていて、具合が悪いのだとわかり……、魔が差したのです」

そろそろ聞くに堪えない話に入りそうだ。オフィーリアの心の中で、もう充分だという気持ちと、真実を知りたいという気持ちが激しくぶつかり合う。

「ここで人を呼んだら、私の罪は明らかになり、二度と陛下に触れられなくなるでしょう。少しだけ、そのあとに人を……と陛下の肩に触れたとき、陛下の目が開き、私と目が合いました。陛下に見られたという衝撃で私は焦り、絶望しました」

たしかにあのとき、オフィーリアは目を開けた。しかし、視界が霞んでいて、黄色くて、目の前にいたはずのオリバーがよく見えなかったのだ。

「……動揺した私は、陛下に叫ばれることを恐れるあまり、咄嗟に陛下の首を絞めてしまったのです」

咄嗟で殺されたなんて……とオフィーリアはため息をつく。いや、計画的に殺されるのがいいという話でもない。

「私は、女王陛下を殺してしまった事実に耐えきれず、バルコニーから逃げ出しました。しかし、逃げたとしてもすぐにこの罪は明らかになると、覚悟をしていました」

バルコニーの扉が開いていたのは、オリバーが開け、そこから逃げたから。

オリバーは寝室の間にしまってある鍵の存在を知っている。鍵を開けて逃げることは、オリバーにとってとても自然な流れだった。

どうやって鍵を開けたのかという謎は、とんでもなく単純な話だったのだ。

「でも翌日、女王が自殺したという話になっていたでしょう？　貴方はその話を聞いておかしいと思わなかったの？」

「……もしかしたら、女王陛下を殺したつもりで、殺していなかったのではと思ったのです。助けを求めようとした女王陛下が、誤ってバルコニーから落ちたのだと……そう解釈しました」

このあとの真相を知らないオリバーは、運が良かったと安心したはずだ。

しかし、オフィーリアは生き返った。そのとき、再び絶望しただろう。

「陛下に呼び出されたとき、ついに罪が明らかになるのだとほっとしました……」

「けれども、私は首を絞めた男の顔を見ていなかった。それで、貴方は自分の罪を隠し通すことにしたのね」

「……はい」

思えばあのときのオリバーの様子は、どこかおかしかった。

しかし、誰もが「女王を守れなかった自分を責めているから」と勝手に思い込み、納得してしまったのだ。

「私の首を絞めたオリバーがバルコニーから出ていったあと、ウッドヴィル大司馬卿がバルコニーに這い上がってきた。大司馬卿はバルコニーの扉に鍵がかかっていないことを不用心だと喜んだでしょう。私を襲おうとして、死んでいることに気づいて……」

ちらりとランドルフを見れば、ランドルフがか細い声で答えた。

「……いえ、まだ陛下はかすかに息をしていたのです。どうして死にかけているのかはわからなかったのですが、とにかく息の根を止めなければと焦り、持ってきた金槌やノミの存在をうっかり忘れ、陛下をバルコニーから投げ落としてしまいました……」

ランドルフは、元々はオフィーリアを自殺に見せかけるつもりではなかったらしい。

しかし、予定外のことが起きて、楽になったと喜ぶよりも動揺してしまい、鍵を壊すための、そしてオフィーリアを殺すための道具を一度も使わなかったのだ。

つまり、とオフィーリアは話をまとめる。

「女王殺害未遂事件は、三人の男によって、偶然にも同日に決行された。三人とも、自分が起こした事件に関して妙なところがあるとわかっていたけれど、指摘できなかった。それは自分が関わったという証拠になってしまうから」

マシューは、女王が飛び降り自殺をしたことに首を傾げた。毒に苦しんで暴れ、バルコニーから落ちたのだろうと納得した。

オリバーは、寝室で首を絞めたはずの女王がバルコニーの下で発見されたことに驚いた。死にかけた女王が誤ってバルコニーから落ちたのだと解釈した。

ランドルフは、バルコニーの扉に鍵がかかっていないことを不用心だと思った。女王がなぜ死にかけているのかがわからなくて動揺したけれど、オフィーリアの身体をバルコニーから投げ捨て、殺した。

オフィーリアは、たった一人の犯人が全てを行ったと思い込んでいた。そのせいで、なかなか真相が摑めなかったのだ。

「オリバー、これで納得できたでしょう？　貴方は『アンとデイヴィットが二人で話をしていた』という程度の事実から、アンの共犯者がデイヴィットだと思い込み、デイヴィットの罪を問うために証拠の捏造をした。……あまりにも愚かだわ」

オフィーリアが呆れた声を出せば、オリバーの身体が震えた。

「……わ、私の罪がすぐ明らかにならなかったのは、護国卿の罪を問うためで、……私は、神に、一度きりの過ちを見逃してもらえたのだと……！　これは、私にしかできないことだと神が……!!」

どうやらオリバーの頭の中では、実に都合のいい『真実』が作られていたらしい。

ジギタリスの毒によるオフィーリアの目の霞みが、オリバーにとっては神に許されたということになっていた。デイヴィットがアンの共犯者だというただの勘違いも、オフィーリアを守るための崇高なる使命になっていた。

本当に頭が痛い。これ以上のことをオリバーに尋ねても疲れるだけだ。

「それぞれ言いたいことがあるでしょうけれど、あとは全て法廷で。……第二大司法卿、彼らを牢に入れなさい」

「春告げる王の御心のままに」

ローガンが三人の真犯人を連れて行けと兵士に命じたとき、座り込んで項垂れていたランドルフが勢いよく顔を上げる。

「女王陛下！　私に、私にもう一度だけお仕えする機会をお与えください！　貴女に永遠の忠誠を誓います！　豚にキスをしろというのならそうしましょう！　どうか、寛大なる慈悲を私に……！　必ずやお役に立ってみせます！」

オフィーリアを罵倒したマシューとは対照的に、ランドルフはオフィーリアに取り入ろうとしてきた。罪から逃れるために、必死に言葉を並べていく。

「あれは気の迷いでした！　既に貴女様は殺されておりました！　そ、そうです！　オリバー・ステアに辱められた貴女様の身体を公表するわけにもいかず、自ら貞操をお守りしたという高潔なる女王にするため、私は貴女のために……！」

聞いていられない、とオフィーリアはランドルフの胸ぐらを掴み、立ち上がらせ、その頬を全力で叩いてやる。

マシューと同じく、ぽかんと口を開けて、なにが起こったのかわからないという間抜け面を晒したランドルフに、オフィーリアは雪解け水よりも冷たい一言を浴びせた。

「貴方の言葉、豚語に聞こえるわ。早く人間の言葉を覚えなさい」

ヒュウと口笛が鳴る。

振り返れば、デイヴィットがにやにやしながらこちらを見ていた。睨みつければ肩をすくめ、心外だという顔をわざとらしく作ってくる。

「気持ちがいい台詞だと思ったんだよ。褒めているんだ。君の冷徹な瞳はぞくぞくする」

罵倒語を聞いて喜ぶなんて変態ね、とオフィーリアは心の中で呟いた。

「私の嫌疑もようやく晴れたことだし、今夜からはオフィーリアと寝室を共にしよう。君が過去にどんな男と情を交わしていたとしても、私は気にしないよ。私たちは夫婦なんだ。互いの過ちを認め合い、許し合い、愛し合って生きて……」

いく、とデイヴィットが言おうとしたら、獣のような叫び声に遮られる。

「殺してやる!!」

オリバーは手枷を嵌められていて、足に鎖がつけられていて、左右に兵士がいた。それでもオリバーは兵士を撥ね除け、オフィーリアとデイヴィットのところまで一気に詰め寄ってくる。

——……あ、殺される。

オフィーリアは、まあそれもいいかと諦めた。

自分の願いは叶った。犯人を見つけ、罪を明らかにし、法廷に引き渡すことができた。

今夜死ぬ予定だったのが、少し早まっただけだ。

(ジョン、あとは頼んだわよ)

驚いているジョンに、オフィーリアは微笑む。

周囲の人たちの動きが妙に遅く感じられたけれど、自分にできるのはこれだけだった。

「だろうと思ったよ！」

オフィーリアが思わず目をつむっている間に、なにかあったようだ。

物が強くぶつかる音と、打撃音と、床に叩きつけられたような痛そうな音。

恐る恐る目を開けたときには全てが終わっていて、楽しそうなデイヴィットと、這いつくばっているオリバーがいた。

「なにが……!?」

「見ていなかったのかい？　オリバーに松明を投げつけて怯ませ、そこを殴り飛ばしたんだ。私の素晴らしい勇姿に感激する場面なのに、酷いな」

「襲いかからせるために挑発したでしょう。襲われたのは自業自得よ」

松明を投げつければ、火事になる危険性もある。危ないことを平気でしたディヴィットに寧ろぞっとした。

「……オフィーリア女王陛下、貴女はこんな男と共にいるべきではない！　貴女は気高き妖精の女王だ！　こんな男を想い続けるなんてことは……！」

「このクソったれのことなら、もう夫と思っていないわよ」

オフィーリアは、肩にかかった金色の美しい髪を手で払う。

燭台の灯りを浴びてきらきらと煌めく姿は、本物の妖精の女王に見えた。

「私は、貴方から理想を押しつけられることにうんざりしているの。可哀想だとか、清らかだとか、気高いだとか、いい加減にして。貴方にとって都合のいいオフィーリアは、貴方の頭の中にしかいないわ」

オリバーのじっとりとした重たい視線への抗議が、ようやくできた。

好意であっても、オフィーリアに応える気がないのであれば、それはただ不快なだけだ。

「己の罪を悔いながら、おしゃぶりでも咥えてなさい。このおしゃぶり野郎」

言いたかったことを言い終えると、オリバーの顔が歪む。人間の本性をむき出しにした、とても醜い顔だ。

「女王陛下がそんな下劣な言葉を使うはずがない！　嘘だ！　なにかの間違いだ！」

クソったれという言葉とおしゃぶり野郎という言葉が気に入らなかったのか、オリバーはまた暴れ出した。

しかし、オフィーリアは怯まない。どんな言葉を使うのかは、オフィーリア自身が決めることだ。臣下であるオリバーが決めることではない。

（ああ、もうこの男！　全てを都合よく解釈しようとしている！）

オフィーリアは苛立った。そして、自分を応援した。

十日間、好き勝手すると決めた。オリバーにも良いところがあるから……と、もう庇ってやらなくてもいいのだ。

「貴方、本当に気持ち悪い男ね！」

デイヴィット、ジョン、マシュー、ランドルフに、生前の恨みを込めた平手打ちを味わわせてきた。お前も同じ目に遭えと、オフィーリアは手を上げる。

勢いよく振り下ろした手は、オリバーの頬を打つ。五人目になると、それはもう良い音がした。ジョンがうわっと小さく悲鳴を上げてしまうほどに。

「……さっさと連れて行って。声も聞きたくないわ」

兵士たちは女王の命令に従い、オリバーの腕を掴んで引きずっていく。

オリバーはまだ喚いていたけれど、オフィーリアにはもう聞く気がなかった。

「いやぁ、すっきりしたよ、オフィーリア。今のは見事だったね」

デイヴィットが片手をひらひらさせ、平手打ちの威力を褒めてくれる。

最初にこの男を叩いたのは、間違いだったかもしれない。もっと練習を積んでからデイヴィットを平手打ちすべきだった。

「言っておくけれど、貴方はオリバーと同じぐらい気持ち悪いから」

「あれと一緒にするのはやめてほしいなぁ。夜中に君の身体を勝手に触ろうとした男と違って、私はきちんと許可を取るつもりだよ」

「そう。一生私の許可は得られないわよ。他の女性の許可を得たらいいと思うわ」

冷たい声で、好きなだけ浮気していろと言い放つ。

それからオフィーリアは大聖堂を出て、外の空気を思いっきり吸い込んだ。

瑞々しい草の匂い、控えめな花の匂い、湿った土の匂い。

それらが全て愛おしくて、気分が晴れやかになる。

（ようやく終わった……）

ついに願いを叶えた。悔いはないと言い切れるわけではないけれど、十日間も生き返ることができて本当に幸せだった。

——ジョン、強く生きて。貴方が次の王よ。

オフィーリア女王は、厳しい冬を知ることもなく、一度も春を告げることもなかった。

あまりにも出来損ないの女王だったことが、ほんの少しの心残りであった。

三

オフィーリアが寝室の間に入れば、ベッドにデイヴィットが座っていた。

睨むことで説明を求めれば、デイヴィットはにこにこ笑いながら答える。

「いやぁ、事件について聞きたいことがあってね。私は突然嘆きの塔から連れ出されて、オリバーが君の首を絞めた人物だったと教えられただけだからさ」

オフィーリアは、犯人だと疑われたデイヴィットのことを自業自得だと思っているけれど、同時に少しだけ責任を感じていた。

聞きたいことがあるのなら答えるぐらいは……と離れた位置で腕組みをする。

「アンに毒を渡したのはバトラー第二大蔵卿（おおくらきょう）だと、どうして特定できたのかい？　いや、セコット伯爵に金貸しを紹介したのは第二大蔵卿だから、有力な犯人候補ではあったけれど、それだけだったはずだ」

「私が殺された夜、第二大蔵卿は宮殿にいなかったわ。でも、アンが殺された夜は、第二大蔵卿の姿が見張りの兵士に目撃されていた。普段はいないのに、あの夜だけいたのよ。だったらアンに毒を渡し、殺したのは、第二大蔵卿でしょうね」

「……なるほど。そっちから攻めたのか」

デイヴィットはオフィーリアの説明に納得する。

「では、バルコニーを登ってきた男がウッドヴィル大司馬卿だと特定できたのはなぜ？オリバーが君の首を絞めて、そのあとにバルコニーから落としたと考える方が自然だったと思うけれど」

「オリバーが私を落としていたら、私が落ちたときの音と酔っ払いを目撃した話の順番がおかしくなるの」

オフィーリアの説明に、デイヴィットは首を傾げる。

「バルコニーから人を落とすと、地面にぶつかった音がそれなりに響いてしまう。すぐに人が集まってくる。でも、私はなぜか朝になってから発見された。酔っ払いの騒ぎの最中に落とされたことで、地面にぶつかった音がその騒動に紛れてしまったのよ」

あの夜、宮殿の柵の近くに酔っ払いがきて、ちょっとした騒ぎになっていた。犯人が見張りの兵士を少しでも持ち場から離すために起こした騒動だと思っていたけれど、元々はバルコニーの鍵を壊す音を誤魔化すためのものだったらしい。

「オリバーは、騒ぎが始まったところに居合わせていた。集まってきた兵士がオリバーの姿を見ていた。だからオリバーは、騒ぎの最中に私をバルコニーから落とせないのよ」

「それで、三人目の犯人がいるとわかったのか」

三人目の犯人は、ガーデンテラスの警備計画書を閲覧できる人物のうちの誰かだ。その中で一番わかりやすく怪しいのがランドルフであった。

「ウッドヴィル大司馬卿は、国王軍の総司令官。仕事で宮殿に残っていても不自然ではない。だから最初の調査の〝不審人物はいなかったか〟〝普段見かけない人はいなかったか〟という質問では引っかからなかった。みんな、自分の上司を不審人物だとは思わないでしょう？」

「ということは、あの夜、宮殿にいたんだね」

「そう。見張りの兵士と巡回の兵士の証言を徹底的に聞き直し、大司馬卿がいつどこを歩いていたのかを辿っていったわ。ガーデンテラスの近くを歩いていたあと、酔っ払いの騒ぎが起きる少し前に、一旦目撃が途絶えている。しばらくして、またガーデンテラス近くで目撃された」

オフィーリアは、女王殺害未遂事件は三人による分担作業になっていたのでは、と気づいたあと、まずは一番怪しかったマシューとランドルフを調べてみた。その結果、その二人がわかりやすく怪しい行動を取っていたので、犯人だと確信できたのだ。

「二人とも凄く怪しいけれど、証拠はない。だからジョンを使って自白させたのか。……大聖堂のあれは、見事な告白劇だったよ」

くくく、と性格の悪さがわかる笑い声を立てたディヴィットは、傍にあったクマのぬいぐるみを抱き上げ、膝に乗せる。

「事件の詳細がわかってすっきりした。……で、そろそろ女王陛下をお守りしたご褒美がほしいんだけれど、今夜は一緒に寝るというのはどう？」

「残念なことに、私は貴方の膝の上にいる新護国卿フェリックス・レヴィンと寝るから、貴方は必要ないの」

オフィーリアは、ディヴィットを睨み、早く出ていけという意思表示をした。

「オフィーリア、こんな頼りない護国卿なんて早く解任した方がいい。君の寂しさをフェリックスは慰めてくれないだろう？」

「残念ね。フェリックスの手触りは世界一よ」

返せ、とオフィーリアはデイヴィットの膝に乗っているフェリックスを奪い取る。嫌味ったらしくクリーム色の毛並みを何度も整えた。

「わかった。なら三人で楽しもう」

「貴方、本当にクソったれね」

もうすぐオフィーリアは死ぬ。せめて静かに眠りたい。

オフィーリアは見張りの兵士を呼ぼうとして……考えを変えた。

——翌朝、自分は死体になっている。デイヴィットが隣で死んでいる私を見たら、悲鳴を上げて腰を抜かすかもしれない。

デイヴィットは、自分のせいではないと焦って言い訳するだろうし、死体と一緒に寝たことにぞっとするだろう。これはデイヴィットへの最後の嫌がらせになる。

翌朝のデイヴィットの間抜けな様子を自分で見られないのは残念だけれど、寝るまでの間に空想して楽しむことはできるはずだ。

「……今夜だけよ」

「愛しているよ、オフィーリア」

「貴方の言葉の重み、妖精の羽より軽いわ」

オフィーリアは大きなベッドの中央にクマのフェリックスを置く。

そしてフェリックスの左側をびしっと指差した。

「貴方はそこ。私はこちら。領土侵犯したら戦争開始。殺されても文句は言えないから。あと寝化粧なんてしないわよ」

「君はありのままでも最高に美しいよ。春告げる王の御心のままに」

デイヴィッドが嬉しそうな顔でベッドに入る。

オフィーリアはわざとらしくため息をついて、自分もベッドに入った。

「ねぇ、オフィーリア、こうして共に寝ることになったわけだし、私がプレゼントした結婚指輪をまたつけてみるのはどうかな？」

「願いを叶えてあげたばかりなのに、もう二つ目の願い？　貴方って本当に図々しいのね。遠慮という言葉を知らないの？」

輝く大きなダイヤモンドをつけていた指輪は、あの大聖堂で蹴飛ばされたあと、デイヴィットに回収されていたらしい。蹴飛ばすのではなく、川に投げ捨てればよかった。

(指輪、ね……)

オフィーリアは目を閉じ、明日の朝を想像し、ふっと笑う。

「そうね、明日になったらつけてあげてもいいわよ」

「本当!?　実は宝石を足してもらったんだ。君には聡明や勇敢という意味をもつアクアマリンも似合うと思ってね」

　ダイヤモンドには、無垢(むく)や清らかさという意味がある。ダイヤモンドは、以前のオフィーリアに相応(ふさわ)しい宝石で、オフィーリアもそれに満足していた。

　しかし、生き返ったオフィーリアは、それだけの女性になりたくなかった。強く勇ましく強(したた)かな女王になりたかったのだ。

「アクアマリン……。悪くないわ」

　デイヴィットのセンスを評価すると、デイヴィットはそうだろうと喜んだ。

「もう寝るから静かにしてちょうだい。……フェリックス・レヴィン護国卿、デイヴィットから私をしっかり守るのよ」

　オフィーリアがそう命じると、馬鹿にしたようにデイヴィットが小さな声で笑う。

　笑っていられるのは今のうちよと、オフィーリアは鼻で嘲笑(わら)い返した。

＊＊

　妖精王リアの笑い声が聞こえる。

　男のような女のような、人のような鳥のような、けらけらという癇(かん)に障る声だ。

オフィーリアがゆっくりまぶたを持ち上げると、そこは花畑だった。

爽やかな風が吹くたびに、色とりどりの花びらが舞う。空には虹がかかり、妖精たちがあちこちでダンスをしている。

【オフィーリア！　おめでとう！】

これはきっと夢だ。あのときと同じく、天井画のぺらぺらの妖精王が、オフィーリアの周りを飛び回っていた。

【見事、願いを叶えたねぇ！】

「そうよ。ほぼ満足できたわね」

妖精王も、まあまあ満足しただろう。オフィーリアは犯人を知りたくて動き回っていただけだけれど、犯人たちは〝ニンゲンの本性〟というものを存分に見せてくれた。

【これで呪いの条件が完成した。いよいよ呪いが発動するよ！】

「……願いを叶えることも、条件の一つなの？」

呪いというのは、生き返って十日後に死ぬことだと思っていた。

しかし、願いを叶えることが呪いの発動条件に入っているのだとしたら、呪いとは一体なんだったのだろうか。

【妖精王リアによる呪い。古の約束。考えてみてよ！　妖精王リアは、初代国王アルフ

ィラの親友だよ。アルフィラが殺されたら、僕は誰を呪う？】

「誰って……」

——それは勿論（もちろん）、アルフィラを殺した者を呪う。

当たり前の答えを思い浮かべたとき、妖精王は笑った。

【せいか～い！　つまらないことに、君は呪いの対象者を殺さなかった。あっ、呪いの対象者っていうのは、毒そのものとか、毒を運ぶ物のことじゃないからね。呪いの対象者がいるから、呪いが発動できるんだよ！　そう、友の代わりに、死んでもらわないとね！】

けらけらと妖精王が笑う。

その笑い声が響くたびに、花びらが舞い、オフィーリアに絡みついた。

「妖精王リア！　ちょっと、代わりって……」

【じゃあね！　君はもう中途半端な存在じゃないから、ここにはこられないよ！】

視界が花びらで埋め尽くされる。

思わず目をつむれば、むせ返るような花の匂いに襲われ、息が苦しくなった。

終章

かっと目を開いたオフィーリアは、自分がどこでなにをしているのかを、すぐに理解できなかった。

「……あら？」

瞬きを二回。そして深呼吸。

アクアマリンの瞳に映っているのは、寝室の壁だ。部屋の中は明るい。

（――朝？　え？　私、死んでいるはずでは……？）

手を目の前に持ってくる。きちんと動くし、胸に手を当てれば鼓動を感じる。

「どういうこと……？」

呪いは、王にかけられるわけではない。

では、妖精王は誰に呪いをかけたのだろうか――……。

「ん、う～ん……もう朝か……」

ふあ、という欠伸（あくび）が耳元で聞こえ、鳥肌が立った。

まさかと振り返ろうとしたけれど、身体が動かない。温かいものが腹にがっちりと巻きついている。

「デイヴィット！　離しなさい！」

オフィーリアを背中から抱き込んでいるのはデイヴィットだ。

巻きついた手を離そうとして、オフィーリアは手に力を込めた。しかし、びくともしない。

「いい加減にして！」

爪を立てれば、ようやく「いてっ」という小さな悲鳴と共にデイヴィットの手が離れていく。オフィーリアは慌てて身体を起こし、デイヴィットと向き合った。

「領土侵犯しないという約束のはずだったけれど!?」

「寝ているときまでは守れないよ。意識して君に触れたわけではないからね」

「フェリックスは……あっ！」

寝返りを打っても身体が触れ合わないように、フェリックスを中央に置いていたはずだ。

オフィーリアがフェリックスを探すと、フェリックスはベッドの端でひっくり返っていた。

「どうやら新しい護国卿は、君を守るというそれだけのこともできなかったようだ。オフィーリア、あんな無能な護国卿は解任した方がいい。そして私をもう一度……」

「白々しい嘘をつくのはやめなさい！」

オフィーリアは乱れた髪を手で直しながら、ベッドから降りる。

とりあえず女官と兵士を呼んで、この男を叩き出そう。

呼び鈴を鳴らそうとしたとき、ちょうど扉をノックされた。

「女王陛下、お目覚めでございますか？」

女官の控えめな声に、オフィーリアはすぐ答える。

「起きているわ。どうしたの？」

「第二大司法卿が面会を申し出ております。昨夜の件について、急ぎの報告があるとおっしゃっていました」

こんな朝早くに、急ぎの用事。なにかあったのだろう。

「謁見の間に通して。それから、見苦しい格好だけれどすぐに行くということも伝えて。とりあえず、髪だけは整えてくれる？」

寝起きの姿だけれど、仕方ない。ドレスに着替えている暇はどうやらなさそうだ。

オフィーリアが謁見の間に入れば、立ったまま待っていた第二大司法卿ローガン・シーズが右手を左胸に当て、深々と頭を下げた。

「朝早くから申し訳ございません」

「急を要する話でしょう？　構わないわ」

オフィーリアが椅子に座れば、ローガンも座る。

「なにがあったの？」

「女王陛下殺害未遂事件の容疑者である、第二大蔵卿マシュー・バトラー、大司馬卿ランドルフ・ウッドヴィル、近衛隊長オリバー・ステアの三名が亡くなりました」

あまりにも衝撃的な報告だ。頭が一瞬だけ理解を拒んだ。

オフィーリアはこめかみを指で押さえ、ゆっくりと息を吐く。

「それは……どうして……」

「第二大蔵卿は泡を吹いて倒れていました。おそらく、毒物を飲んだのでしょう」

「……嘆きの塔へ入れる前に身体検査はしたの？」

「しました。しかし、見落としがあったかもしれませんし、誰かがこっそり差し入れたかもしれません。我々の管理不行き届きです。申し訳ありません」

――処刑されて皆に晒されるぐらいなら、毒物での自殺を。

よくある終わりだ。オフィーリアはため息をついた。

「大司馬卿は、嘆きの塔の小窓から飛び降りました。脱出しようとしたのか、それとも自殺しようとしたのかはわかりません」

「小窓？　あれは大人の男性が通り抜けられる大きさだったかしら？」

嘆きの塔は監禁するための塔なので、小窓はあるけれど、人が通れる大きさにはなっていない。一体どうやって、とオフィーリアは不思議に思う。

「おっしゃる通り、あの小窓は子供でも通れません。どうやって通ったのかは謎ですが……」

「転落死なのよね？」

「はい。地面に血が激しく飛び散っていました。遺体の損傷も酷くて……」

あまり詳しいことを女性に言うのも、とローガンは言葉を濁す。

「オリバーは？」

「窒息死です」

「牢の中で首を吊ったのね？」

これもまたよくある話だ。見張りの兵士がついていたはずだけれど、その隙をついたのだろう。

「……ステア近衛隊長には、首を絞められたような痕がありました」

「誰かが牢の中に入ったの？」

「確認させていますが、出入りは厳しく管理していました。こちらもどこかに見落としがあったかもしれませんので、改めて調査します」

オフィーリアに毒を盛ったマシューは毒を飲んで死に、オフィーリアをバルコニーから投げ落としたランドルフは通れるはずのない小窓から転落死し、オフィーリアの首を絞めたオリバーは首を絞められて死んだ。

——まさか。

けらけらという妖精王の笑い声が、どこからか聞こえた気がした。

指先がすうっと冷えていく。心臓がばくばくと音を立てる。

——これが〝妖精王リアの王冠の呪い〟？

妖精王リアの王冠の呪いを発動させたいのなら、条件を揃えなければならない。

持ち主が病死でも事故死でもなく、殺されてしまうこと。

殺される瞬間に強く願うこと。

十日間だけ生き返っている間に、願いを叶えること。

自分を殺した犯人を殺さないこと。

これらの条件をクリアしたら——……オフィーリアの代わりに、オフィーリアを殺した者が死ぬ。

「たしかに呪いだわ……」

王を殺したら呪われる。妖精王の言っていたことは正しかった。

（……でも、アンは？　アンはもう死んでいる。呪いの対象者が全て生きていたわけではないのに）

オフィーリアは、妖精王の言葉を必死に思い出す。

夢の中で、呪いの対象者は、毒そのもののことではなく、運ぶ物のことでもない……と言っていた。

（妖精王リアにとって、アンは毒を運んだ〝道具〟という認識だったのかしら……？）

妖精王に確認したいことが山ほどあるけれど、妖精王の言葉を信じるのなら、もう二度と会えないだろう。

「女王陛下？」

急に呪いだと呟いたオフィーリアを、ローガンは心配そうな顔で見ている。

オフィーリアは大丈夫だと首を振った。

「……そうね。三人とも、己の罪を償うために自殺したということにして」

「よろしいのですか？」

「ええ。残された家族の罪は一切問わないように。そのぐらいの慈悲は与えましょう」

それでも念のために、嘆きの塔の管理は適切であったか、出入りの記録に不審な点はないかという調査を命じる。

ローガンが退出したあと、オフィーリアはソファに背中を預けた。

「私、生きているのね……」

妖精王リアの王冠の呪いが発動し、三人の男が身代わりになって死んだ。

呪いがなくても、あの三人は法の裁きによって処刑されただろう。しかしそれでも、こんな終わり方を望んでいたわけではない。

「どうせ死ぬからと、私はこの十日間好き勝手していたけれど……」

オフィーリアは死ななかった。これからも生きていかなくてはならない。

——出来損ないの女王で申し訳なかった、と言って終わりにしてはいけないのだ。

デイヴィットの言いなりになる優しい女王は死んだ。

十日間だけ生き返って好き勝手する女王も死んだ。

今日、ここにいるのは、新しい春告げる王だ。

民のために、国のために、自分のために、これから毎日、精一杯生きていかなければならない。

「っ！」

オフィーリアは、両手で自分の頬を軽く叩く。

ぼんやりしている暇なんてない。ドレスに着替えて朝食を取り、今日も枢密院会議で顧問官たちと戦わなくてはならないのだ。

「話は終わった？　素敵な朝なのに、ゆっくりできなくて残念だったよ」

気持ちを切り替えた途端、嫌な顔がオフィーリアの前に現れ、そっと手を伸ばして腰を抱こうとする。

オフィーリアはその不埒な手を容赦なく叩き落とし、ガウンの前をしっかり合わせた。

「私は貴方と違ってとても忙しいの。今日は勇ましいドレスを着て、枢密院会議で皆に事情説明をしなければならないし、空席となった国務大官の後任を決定しなければならないわ」

「ああ、深紅のドレスを着ていた君はとても素敵だった。また見せてほしいな」

「貴方の好みなんてどうでもいいのよ。私が着たいドレスを着て、なりたい女王になるだけだから」

オフィーリアは呼び鈴を鳴らし、女官を呼ぶ。着替えの準備と朝食の準備を頼むと、デイヴィットが口をはさんできた。

「ああ、私の分の朝食も……」

「私とは一緒にしないで。朝からうんざりしたくないわ」

今日は、新しい自分の誕生をしっかり祝おう。

焼きたての香ばしいパン。滑らかな舌触りの温かいスープ。瑞々しい果物。

たっぷり栄養を取って、この足でしっかり立ち続けるのだ。

(清々しい朝ね。生き返ったというよりも、生まれ変わった気分だわ)

窓から見える青空、鳥の声、柔らかな陽射し。

オフィーリアがこの世界にいることを歓迎してくれているようにも思えてくる。

「おはようございます、姉上。今日はご一緒してもいいですか?」

朝からジョンが部屋を訪ねてきた。何事かと思ったら、嬉しい誘いだった。

穏やかな表情で自ら挨拶をしてきた弟に、オフィーリアは心からの笑顔を見せる。

「ええ、いいわよ。……大侍従卿、食事の間にジョンの分の朝食も用意して」

ジョンと共に朝を楽しむことができるなんて、最高の始まりだ。

一度は失ったと思っていた温かくて優しいものを、新しい自分は大事にし、今度こそ失わないようにしよう。

「そうだわ、ジョン。この王冠なんだけれど……」

オフィーリアは、執務の間へ置いたままになっている妖精王リアの王冠を取り出す。テーブルに置いて白い布を取り払うと、大きなサファイアがいつも通りに輝いていた。

「たしか前は……」

オフィーリアはサファイアを指で触る。しかし、なにも起こらない。

「やっぱりだめね。ジョン、貴方もちょっと触ってみて」

ジョンはオフィーリアに言われるまま、サファイアを指で触ってみた。オフィーリアの予想通り、ジョンにもなにも起こらなかった。

「姉上、これはどういう……？」

「前にね、『この宝石に触れると妖精の声が聞こえるようになる』とお兄様から教えてもらったの。本当なのかしらって」

「そうだったんですね。残念ですが、どうやらただの言い伝えみたいです。僕が見える妖精は、天井画の妖精王リアだけですよ」

ジョンが笑いながら、天井を見た。

オフィーリアも上を見て、自分が本当に〝ニンゲン〟に戻ってしまったことを心の中でひっそりと噛みしめる。

「そろそろ行きましょうか」

ジョンと共に廊下へ出て、食事の間に向かった。

椅子に座れば、すぐに書記卿ベネット・モリンズが朝の挨拶にきて、今日の予定を確認していく。

「あとで玉座の間に第二大司法卿を呼んでちょうだい。彼には新しい国務大官になってもらわなければならないから」

女王殺害未遂事件の捜査の過程で、ローガン・シーズという有能な人材を見つけ出すことができた。これから彼は、女王オフィーリアを何度も助けてくれるだろう。

「良い匂いね。今日の気分にぴったりよ」

女官のカレンが、緊張しつつも丁寧に朝のお茶を入れてくれる。

彼女の様子を見守っている女官長のスザンナも、オフィーリアの頼み事を聞いて朝から動いてくれるウィリスもベネットも、今日もオフィーリアをしっかり支えてくれるはずだ。

あとはジョンに国王教育をして、デイヴィットを上手く利用してクレラーン国侵攻計画の賛同者を増やして……。

(今日からはデイヴィットに対して慎重に接しないと。……あと十日の命だからと、最後の最後でやりすぎたわ)

一緒に寝たり、指輪をもう一度嵌めてもいいと言ってしまったり。

こんなことになるとわかっていたら、絶対に許さなかったのにと悔やむ。

（それに、デイヴィットばかりに構っていられない。私には、やるべきことがいくらでもあるのだから。……新しい私には、その時間が与えられた。新しい私は、今度こそなりたい女王になってみせる）

まずは厳しい冬を乗り越え、春を告げる。

そして、クレラーン国との戦争での大勝利を、民と妖精王リアに捧げよう。

終

富士見Ｌ文庫

女王（じょおう）オフィーリアよ、己（おのれ）の死（し）の謎（なぞ）を解（と）け

石田（いしだ）リンネ

2021年11月15日　初版発行
2022年11月30日　再版発行

発行者　山下直久
発　行　株式会社 KADOKAWA
〒102-8177　東京都千代田区富士見2-13-3
電話　0570-002-301（ナビダイヤル）

印刷所　株式会社 KADOKAWA
製本所　株式会社 KADOKAWA
装丁者　西村弘美

定価はカバーに表示してあります。　◆◇◇

●お問い合わせ
https://www.kadokawa.co.jp/（「お問い合わせ」へお進みください）
※内容によっては、お答えできない場合があります。
※サポートは日本国内のみとさせていただきます。
※Japanese text only

ISBN 978-4-04-074323-3 C0193